KB114162

魔刀眞祖

요람 新무협 판타지 소설

FANTASTIC ORIENTAL HEROES

마도 진조휘 5
요람 新무협 판타지 소설

초판 1쇄 찍은 날 § 2016년 6월 28일
초판 1쇄 펴낸 날 § 2016년 7월 5일

지은이 § 요람
펴낸이 § 서경석

편집책임 § 고승진

펴낸곳 § 도서출판 청어람
등록번호 § 제387-1999-000006호
등록일자 § 1999. 5. 31
어람번호 § 제2-2668호

주소 § 경기도 부천시 원미구 부일로 483번길 40 서경B/D 3F (우) 14640
전화 § 032-656-4452   팩스 § 032-656-4453
http://www.chungeoram.com
E-mail § chungeorambook@daum.net

ⓒ 요람, 2016

ISBN 979-11-04-90876-7 04810
ISBN 979-11-04-90718-0 (세트)

魔刀

마도진조휘

5

요람 新무협 판타지 소설

FANTASTIC ORIENTAL HEROES

도서출판 청람

目次

魔刀

마도진조휘

짜드득!

날아오른 기마의 발굽이 병사 하나의 얼굴을 완전히 짓이겼다. 이후 기마는 둔탁한 충격과 함께 바닥에 착지했고, 그 위에 타고 있던 강상현이 거친 목소리로 고함을 내질렀다.

"돌파! 이대로 돌파하라!"

곱상한 얼굴과는 정반대되는, 호랑이 같은 포효. 산천초목이 벌벌 떨 정도로 기개가 드높은 외침이었다.

"흐아아압!"

뒤따라오던 대사가 마찬가지로 거친 기합을 터뜨리며 꼬나 쥐고 있던 선장을 휘둘렀다. 후우웅⋯⋯! 바람이 거칠게 갈라지는 소리 뒤로 퍼걱! 둔탁하다 못해 끔찍한 파열음이 들렸다. 무시무시한 완력이었다.

피가 분수처럼 튀지만 대사는 그 피를 온몸으로 맞았다.

주룩 흐른 혈흔으로 얼룩진 대사의 의복과 얼굴은 불교의 명왕을 연상케 할 정도였다. 그 뒤를 따라 고속으로 질주하며 각각 손에 쥔 무기로 돌파를 시작하는 의병대. 모두가 들끓는 분노로 무시무시한 야차의 얼굴을 하고 있었다.

하지만 가장 선두에 서서 왜군을 짓밟는 강상현보다 무서운 표정을 지은 이는 없었다.

퍽!

손에 든 칙칙한 목도가 앞을 막던 왜군의 머리를 터뜨려 버렸다. 말 그대로 터뜨렸다. 검도 아니고, 몽둥이도 아니고 칙칙한 목도일 뿐인데, 아예 머리를 날려버리는 파괴력.

핏발 선 눈동자.

일그러지고, 비틀린 입매.

조휘와 처음 만났을 때의 강상현은 이런 모습이 아니었다. 입가에 항상 짓고 있던 유순한 미소가 인상적이라 생각했던 조휘다. 그런 그가 지금 조휘 못지않은 인상을 짓고 있었다. 그런 그의 입에서,

"좌! 방패 들어!"

다시금 터지는 포효.

탕!

타다다다당!

수십, 수백의 총소리가 들렸다. 고막을 찢어버릴 것 같은 소리가 귀를 타고 들어와 이성을 흔들었지만, 이미 만반의 준비는 갖췄다. 조잡하지만 군데군데 철판을 덧댄 사각형의 나무 방패와

기마에도 최소한의 갑주를 씌워 놓았다.

퍼버버벅!

히히히힝!

하지만 완전히 막을 수는 없었다. 몇십의 기병이 순식간에 낙마, 동료의 말발굽에 짓밟혀 육신이 박살 났다.

하지만 그 누구도 아랑곳하지 않았다.

이미 이성에 달라붙은 끈적끈적한 광기가 그들 모두를 지배하고 있었다. 이성은 살아 있긴 하지만, 그걸 지배하는 것 자체가 광기라는 소리였다.

거기에서 자유로운 이는, 정말 몇 되지 않았다.

"합!"

강상현이 그중 대표적인 인물이다.

쉭!

픽!

몸을 우로 누이며 빛살처럼 뿌린 목도가 왜군의 관자놀이를 그대로 비껴 쳤다. 끽 소리도 못 내고 풀썩 쓰러지는 왜군의 육신 위로 대사의 기마가 날았다.

"흐아압!"

퍼걱!

착지하기도 전에 뿌린 선장이 우득! 뼈가 작살나는 소음을 만들어냈다. 그야말로 일격필살. 한 번의 공격에 하나가 죽었다.

"칙쇼!"

두드드!

갑주를 갖춰 입은 왜군 장수 하나가 강상현을 향해 마주 달려왔다. 강상현은 왜장의 돌격에 웃었다.

무수한 백성을 해친 자들.

인간의 탈을 뒤집어쓴 악귀들.

강상현은 도문을 나서 하산하던 날 맹세했다.

죽어, 지옥에 가기로.

다만,

한 놈이라도 더 왜놈들을 길동무로 삼겠다고.

이게 강상현이 스스로 야차가 된 이유였다.

"귀신이라고 불려도!"

스스로에게 다시 맹세하듯 거친 포효와 함께 고삐를 더욱 잡아채는 강상현. 히히힝! 그의 동작에 기마가 거친 울음을 터뜨렸다.

히히힝!

그리고 외침 뒤 더욱더 가속을 붙였고, 사이는 급격히 가까워졌다. 죽어! 소리에 담긴 살기가 그 뜻을 알려줬다.

강상현의 입가가 그 외침에 반응, 일순간 서글프게 일그러졌다.

"네놈들을 하나만 더 죽일 수 있다면⋯⋯."

뒤이어 읊조리듯 나온 말.

이후 강상현과 왜장이 서로 교차했다.

까앙⋯⋯!

파삭!

왜장의 도는 강상현의 목을 노렸고, 강상현의 목도는 왜장의 도를 노렸다. 결과는… 왜장의 도가 동강 나는 걸로 끝났다.

"흐아압!"

퍽!

그리고 대사의 선장이 왜장의 얼굴을 그대로 후려쳤다. 후웅! 몸이 붕 뜨더니 몇 바퀴나 공중에서 돌아 떨어지는 왜장. 정말 압도적인 파괴력.

하늘의 신장에 보여줄 법한 힘이다.

홍!

이후 나온 콧방귀는 벽화에서나 나올 법한 명왕의 것이었다. 괴력난신(怪力亂神)이란 단어가 이리 잘 어울릴 수가 없었다.

쾅……!

콰과과광!

첫 번째 폭음 이후 다시금 폭음이 터졌다. 강상현은 그 폭음에 바로 반응했다.

"빨리! 멈추지 말고 돌파하라!"

"네!"

강상현의 외침에 기병대가 우렁찬 대답으로 화답했다.

합!

조금 늦게 강상현의 바로 뒤에서 가녀리나, 날카롭고 힘찬 기합 소리가 들렸다. 그 소리에 입술을 질끈 깨무는 강상현.

이화, 사매(師妹)의 기합이다.

마도의 구출 작전 때, 그를 발견하고 효시를 울린 다음 용케도 빠져나와 합류한 사매는 전언을 들고 왔다.

폭음을 동반한 소란, 혹은 그에 준하는 소란이 일어나면 바로 기병대를 이끌고 구출하러 와달라고.

언제가 될지 모르니 항시 밤에 준비해 달라고.

마도의 전언이 아닌, 작전을 같이 나간 위지룡이란 자의 전언이라 했다.

그 전언에 따라, 매일 밤 준비를 하고 있었다. 그러다가 오늘 폭음이 울렸다. 하지만 강상현은 소란을 이미 감지했다. 조휘를 비롯한 공작대가 탈출을 시작하며 막사마다 불길을 놓기 시작했을 때 이미 강상현은 탈출을 감지, 지체 없이 기병대를 움직였다.

도리(道理).

그를 움직인 대의명분이었다.

조선인도 아닌 명의 무인이 이 환란에 참여, 도움을 주고 있었다. 거기다가 일만 오천의 병력에 숨어 들어가 암살을 실행하고 있었다.

그가 준 도움은 굉장히 컸다.

사실 크게 기대는 하지 않았었다. 그 안에서 암살은 자신도 힘들었으니까. 하지만 그가 갇히고, 대신 나온 위지룡과 악도건이란 사내의 말로 굵직한 지휘관들의 목을 베었다는 걸 알 수 있었다. 거기에는 부대 사령관 둘에 참모라 할 수 있는 자의 목도 있었다. 어마어마한 전공이었다.

도움이 됐냐고?

어떻게 갚아야 할지 모를 정도로 큰 도움이 됐다.

그러니 구한다.

타국의 땅에서, 그 땅의 백성을 구하기 위해 목숨을 건 마도 진조휘란 사내를.

이게 그를 움직이는 대의명분이었다. 물론 마도 진조휘가 움직인 이유는 분명 따로 있겠지만, 그건 문제가 되질 않았다. 당장 중요한 건, 도움이 되었다는 사실 하나뿐이었다.

콰앙……!

다시 폭음이 터졌다.

콰과광!

연달아 몇 발이 더 터졌다.

"다 왔다! 힘을 내라!"

불길이 치솟는 것으로 보아 육안으로도 확인이 가능한 거리였다. 좀 아득한 감이 있지만, 기병이라면 금방 당도할 거리였다. 길게 잡아야 일다경 정도 걸릴 것이다.

하지만 그건 무사히, 방해 없이 갈 때의 얘기였다.

좌우를 살피던 강상현이 다시 발작적으로 외쳤다.

"전체, 방패 들어!"

척!

처저저적!

엇갈리게 사열로 배치한 진형에 나무 벽이 우뚝 섰다.

타앙……!

퍽!

"큭!"

강상현의 상체가 한 차례 휘청거렸다.

"사형!"

"괜찮다! 방어부터!"

놀란 이화의 외침에 대답하는 강상현의 목소리는 여전히 기개가 들끓었다. 실제로 방패에 직격으로 당했다.

철판을 머리 위로 올려놔 다행이었다. 관통한 탄이 철판에 맞으며 팅, 작게 소리를 내며 멈췄다. 신음은 탄이 가진 관통력에 상체가 뒤로 쭉 밀리며 반사적으로 나온 것이었다.

타다다다당!

그의 신음이 신호라도 된 것인지, 사방에서 행용총이 불을 뿜었다. 두드드드드! 타다다다당! 지축이 울리는 소리와 총소리가 뒤섞이며 고막에 무차별 공격을 가했다.

하지만 강상현과 몇몇 이들을 뺀 나머지 기병대 전원이 귀를 적당히 막아 놨다. 말 또한 마찬가지였다. 그래서 불을 뿜는 행용총의 소리에도 놀라지 않았다.

행용총의 무시무시함에는 크게 두 가지가 있다.

하나는 당연히 격발 뒤 육안으로 파악되지 않는 속도로 날아오는 탄알.

무시무시한 속도로 공간을 격하고 표적에 피격, 이후 나오는 관통력이 당연히 가장 위험했다.

또 하나는 다수의 행용총이 동시에 격발될 때다.

그때의 소음은 정말 말로는 뭐라 설명하지 못하는 상황을 몰고 온다. 이성이 육신에서 빠져나와 훨훨 날아가는 느낌? 소리에 정신이 멍해지고, 미처 인식도 하지 못하는 사이 육신 곳곳에 구멍이 뚫려 죽게 된다.

이 두 가지가 가장 무섭다.

그래서 강상현은 고심에 고심을 더해 철판을 덧댄 방패와 갑주, 그리고 귀마개를 생각해 냈다.

최대한 무게를 줄여 기동력도 살리고, 방어력도 살리고자 했고, 그 결과는 지금 이곳에서 멋지게 나타나고 있었다.

이미 꽤 많은 사격을 받았음에도 기병대는 멀쩡하게 돌격하고 있었다. 아니, 아주 사납게 돌격하고 있었다.

호랑이는 한 마리로도 무서운 법인데, 그런 호랑이가 수백, 수천 마리가 뭉쳐 돌격하고 있었다. 피에 젖은 땅 위 백성들의 분노는 그야말로 무시무시했다. 공포? 죽을지도 모른다는 두려움?

그건 전부 안방 장롱에다가 처박아두고 왔는지, 일말의 망설임도 없이 급조된 무기로 왜군을 학살하며 돌파해 들어가고 있었다.

"합!"

서걱!

날카로운 기합 뒤, 역시 날카로운 절삭음이 들렸다. 아주 깔끔하게 누군가가, 어딘가를 베였다. 이화의 기합이었다.

강상현은 뒤돌아보지 않았다. 이화가 하산하기 전까지 그녀의 수련을 직접 관리 지도했던 게 바로 강상현 자신이었다.

그래서 안다. 어디 내놔도 죽지 않을 정도로 굴렸기 때문에 아주 잘 안다.

물론 일말의 걱정이 드는 건 어쩔 수 없지만, 이곳은 전장.

스승님에게 배웠다.

강상현이 하늘처럼 모시는 스승님은 이렇게 말씀하셨다.

현아, 벽조도(霹棗刀)를 뽑아야 하는 순간이 온다면, 절대 망설이지 말거라.

도문의 기질 자체가 호승지심이 짙게 깃들어 있기 때문이기도 했지만, 그의 스승님은 강상현의 유한 성격이 후일 언젠가 있을 전투에서 그의 발목을 잡지 않도록 해준 말이었다. 그리고 강상현은 스승의 말을 아주 잘 따랐다.

빠각!

우득!

왜병 하나의 목이 휙 돌아가더니 이내 꺾이고 부러져 버렸다.

'스승님, 저는 망설이지 않겠습니다. 죽어 지옥에 간다 해도! 이 땅의 민초를 조금이라도 더 구하고 가겠습니다!'

어둠 속에서 파랗게 빛나는 강상현의 눈빛.

흠칫.

등골이 서늘해지는 감각에 그는 사방을 빠르게 훑었다. 저 멀리, 자신을 새까만 행용총으로 겨누고 있는 놈이 보였다. 강상현은 지체 없이 방패를 들어 올렸다. 그리고 시기 좋게, 타앙! 소리 뒤 바로 픽! 하며 방패에 구멍이 뚫렸다. 하지만 다행히 머리 위쪽이라 강상현에게는 아무런 타격도 없었다.

핑!

그리고 그가 방패를 내리는 순간 화살이 시위를 떠나는 소리가 들렸다. 바로 옆을 스쳐 뻗어나가는 화살 한 발.

화살은 아주 빠르고, 정확하게 고개를 숙여 다시 장전을 하는 놈의 정수리에 푹! 꽂혔다. 아주 정확하고, 소름 끼치는 이화의 저격이었다.

사람을 죽였다.

하지만 강상현은 속으로 이화를 칭찬했다.

잘했다고.

사람을 죽였는데 칭찬이라니. 강상현은 속으로 서글픈 탄식을
흘렸다.

'나도 이미······.'

전장의 광기에 물들었음을 인정하기도 했다. 그 예로 이미 그
의 눈에는 서서히 핏발이 서고 있었다.

피.

불.

비명.

이 세 가지가 혼합되어 잠식해 들어오는 광기는 아편보다도
짙었다. 하지만 그래도 상관없다, 라고 강상현은 생각했다.

"하압!"

퍽!

강상현의 벽조도가 창을 쭉 찔러오는 왜병의 턱을 그대로 후
려갈겼다. 피를 뿜으며 뒤로 넘어가는 왜병을 보며 강상현은 웃
었다. 그리고 속으로 생각했다.

'이제 저 한 놈에게 죽을 민초 열을 구한 거다······.'

그렇게 생각하자.

다시금 스스로를 단단히 세뇌했다.

콰앙······!

폭음이 한 발 더 터졌다.

콰과광!

다시 연달아 터지는 폭음.

강상현은 반사적으로 고개를 들어 불길의 위치를 파악했다. 그리고 확인 즉시 눈을 빛냈다.

"사형! 다 왔어요!"

"그래! 다 왔다! 조금만 더 힘을 내라!"

마치 군문의 장수처럼 목도를 번쩍 들며 외치는 강상현. 그의 외모와는 참으로 안 어울리는 고함이었지만,

네……!

거대한 대답이 달려왔다.

이렇게 고함을 지르는 이유는 하나였다. 바로 위치를 조휘에게 알려주기 위해서였다. 그래서 계속 대답을 요하는 고함을 치고, 그 고함에 의병들이 대답을 하는 거다.

'조금만! 조금만 더……!'

속으로 빈 후, 고삐를 더 잡아당기는 강상현.

콰앙……!

또다시 터지는 폭음.

이제는 눈앞이었다. 바로 앞에, 백 보도 안 되는 거리에서 불길이 치솟고 있었다. 그 불길 속에 비명이 섞여 모골이 잠시 송연해졌지만, 강상현은 입술을 깨물며 고삐를 잡아당겼다. 무시무시한 질주.

이윽고 마지막 폭음이 울린 장소에 도착해갈 때쯤,

크아아아아……!

강상현의 귀로 지저(地底)의 울부짖음이 들려왔다.

그 소리를 들은 강상현은 온몸에 일어나는 소름에, 하마터면 고삐를 놓칠 뻔했다. 그리고 잠시 뒤, 그의 눈에 피에 젖은 마귀(魔鬼)가 들어오기 시작했다.

저 멀리서, 말발굽에 지축이 울리는 소리를 들었을 때 조휘는 확신했다. 빠져나갈 수 있겠다고.

조휘가 대담하게 작전을 감행한 이유 중 하나가 바로 강상현의 기병 지원이다. 위지룡에게 전해 들었다. 이화는 조휘를 발견한 즉시 효시를 당기고 복귀했다고. 그리고 혹시 공작대가 포위되면 항시 소란에 주의해 달라고 말이다.

진천뢰를 챙겼으니 폭음이 일거나, 혹은 그에 준하는 소란이 일면 즉각 기병을 투입해 달라는 위지룡의 말을 들었기 때문에 조휘가 그렇게 속으로 모리휘원을 비웃은 것이다.

'내가 그랬지? 넌 실수했다고.'

히죽.

그래, 인정한다.

모리휘원은 조휘와 공작대를 제대로 가뒀다. 그 부분은 확실하게 인정한다. 졌다고. 하지만 그가 생각하지 못한 게 있었다. 군 전체로 따져도 극히 소량만 가지고 있는 폭발형 진천뢰의 존재와 이화와 위지룡 사이의 약속.

이걸 몰랐기 때문에 조휘에게 유리한 작금의 상황이 일어난 거다.

"한 번 더 준비!"

조휘가 다시 손을 척 추켜올리며 외쳤다. 그러자 공작대 전원이 다시금 품에서 소형 진천뢰를 꺼내 들었다. 그리고 즉각 심지를 당겼다.

조휘는 사방을 쭉 훑었다. 훑은 즉시 다시 외쳤다.

"투척! 이후 방패 들어!"

획!

휘리리릭!

공기를 찢으며 소형 진천뢰가 다시금 하늘을 날았다. 새까만 쇠구슬이 하늘을 훨훨 날자, 왜병들의 시선이 일제히 하늘로 향했다. 공작대의 투척 능력은 상당했다. 애당초 힘들이 좋았고, 인간 장벽과 거리도 얼마 안 되는지라 아주 적당한 곳에 쇠구슬들이 날아들고 있었다. 게다가 한 발 한 발이 좀 전에 터뜨린 곳을 제외한 다른 부분을 노렸다.

재앙이다.

으아, 으아악!

쇠구슬이 이미 한 차례 지옥을 재림시켰기 때문에 저게 터지며 휘몰아칠 불 폭풍을 눈치챈 왜병들이 급속도로 이성을 잃었다.

이후는 혼란이다.

대형이 쭉쭉 찢어지며, 서로를 짓밟고 어떻게든 폭발 범위에서 벗어나려 발버둥을 쳤다. 동료를 밀치고, 죽든 말든 짓밟으며 아비규환의 현장을 만들었다. 이게 딱 조휘가 원하던 상황이었다.

진천뢰가 떨어졌다.

콰앙……!

첫 번째 폭발 뒤,

콰과과광……!

쿠아앙……!

연쇄 폭발이 일어났다.

새빨간 화염이 일면서, 무시무시한 후폭풍이 밀집 대형 안에서 터지며 사방을 휩쓸었다. 폭발에 찢겨져 나간 신체가 비산했고, 피분수가 불길에 기화되며 비릿한 향을 사방으로 퍼뜨렸다. 그 혈향은 화약 냄새와 어울려 말로 설명할 수 없을 정도로 고약했다.

탕! 타다다다다당!

그리고 대형의 좌측에서 행용총이 일제히 불을 뿜는 소리가 들렸다. 퍼버버벅! 하지만 공작대는 이미 조휘의 명령에 따라 방패를 세운 뒤였다. 그러나 방패에 직격된 탄은 없었다. 위에서 내려온 명령 때문이었다.

사살 금지.

위협사격만 허용한다는 명령에 지휘관들은 조휘와 공작대가 이리 날뛰는데도 그들의 육체에다 총구를 겨누지도 못했다.

으득!

"칙쇼!"

지휘관으로 보이는 놈이 울분을 터뜨렸다. 조휘는 그 소리가 들리자마자 고개를 돌려 빠르게 놈을 포착했다.

그리고 불렀다.

"위지룡!"

"네!"

조휘의 부름에 위지룡은 바로 활에 살을 먹이고, 놈을 겨눈 다음 쐈다.

핑!

쉬아악!

푹!

세 종류의 소리가 단계별로 일어나며,

"카……."

비명을 이끌어냈다.

목에 꽂힌 화살의 깃대를 부여잡은 현장 지휘관이 부들부들 떨며 뒤로 물러났다. 그러더니 꼴까닥, 몸이 뒤로 넘어갔다. 활 촉은 완전히 관통했다. 정확히 울대를 뚫고 들어갔다.

살아남을 가능성?

조휘나 활을 쏜 위지룡이나 장담할 수 있었다.

저건 화타가 살아 돌아와도 못 살린다고.

"달려!"

파바박!

조휘가 지면을 박찼다. 감상에 빠져 있을 여유 같은 건 없었 다. 이제부터 지축이 울려오는 곳으로 방향을 잡고, 정말 미친 소처럼 달려야 할 때였다. 달리기 시작하며 조휘는 다시 외쳤다.

"전방 기동 사격!"

그러자 반응은 즉각 나왔다.

퉁! 투두두둥!

홍뢰가 조휘의 전방을 향해 마구 불을 뿜었다. 부챗살처럼 사격을 가하는 게 아닌, 조휘의 전방을 막는 적만 겨눠 쐈다. 일점에 사격해 조휘의 전방을 최대한 줄이겠다는 뜻이었다.

조휘에게 달려들려던 왜병들이 우수수 쓰러졌다. 추풍낙엽은 아니더라도, 막 가을에 들었을 때 떨어지는 낙엽 정도는 됐다.

"일 조 투척! 각자 구역 잡고 최대한 멀리!"

조휘의 명령이 다시 터졌다.

이후 쌍악을 단단히 움켜쥔 다음, 듬성듬성 구멍이 난 적진으로 뛰어들었다. 휙! 휘리릭!

쾅!

콰과광!

조휘의 앞에서 터지는 진천뢰.

폭음, 살 타는 냄새, 기화된 피비린내가 한데 뭉쳐 안면을 쳤다. 하지만 이 정도는 익숙하다. 이런 지독한 전장을 한두 번 거친 줄 아냐? 수없이 많기에, 그러고도 살아남았기에 마도란 이름으로 지금 이 자리에 있는 거다.

'그렇게 겨우 살아남았는데… 여기서 허무하게 뒈질 것 같냐?'

히죽.

얼굴 가득 마가 덧씌워진 미소를 그려 놓고, 역수로 쥔 백악을 내려찍는 조휘.

푹!

"크아아악!"

"시끄러!"

쇄골부터 뚫고 들어간 도를 마구 흔든 다음 확 뽑아내자 피가 일자로 쭉 뿜어졌다. 흔드는 동작에 혈관이며 근육이며 싹 찢어졌고, 그 격통에 이미 놈의 눈에는 흰자위만 가득했다. 이미 정신을 놓았다는 뜻.

"이 조 투척! 좌우로 오십 보!"

다시금 명령을 내린 조휘는 자세를 숙이며 한 바퀴 빙글 돌았다. 머리 위를 스쳐 지나가는 도 한 자루.

'명령이 내려왔나? 아니, 아직… 아직이다!'

머리를 노리기에 모리휘원이 드디어 사살 명령을 내렸나 생각했지만, 조휘는 아직 아니라는 판단을 내렸다.

본능, 본능적인 동작이다, 저건.

자신을 죽이려 달려드니, 저도 모르게 생존 본능이 발동해 '적'인 조휘를 죽이기 위해 가장 치명적인 급소를 노린 거다.

살고 싶으니까.

그러니 명령은 아직이라고 생각했다.

퍼걱!

조휘가 피하자, 바로 뒤에 있던 오현이 놈의 면상에 철권을 우악스럽게 구겨 넣었다. 단방에 황소도 골로 보내는 주먹이 얼굴을 강타했으니, 이놈도 살길 기대하는 건 어려울 거다.

스각!

흑악이 뒤로 물러서던 놈의 목울대를 쭉 그었다. 피가 안면에 제대로 튀었지만 조휘는 팔로 빠르게 닦아냈다. 피 냄새가 향긋했다. 그래서 조휘는 감사했다. 피 냄새를 맡고 있다는 현실에.

그리고 가능하다면 더 맡고 싶었다.

미쳤냐고?

그럼 제정신일까?

이 상황에?

"크핫!"

으아!

조휘가 웃음을 터뜨리자 바로 반응이 왔다. 웃음 띤 시선과 마주친 왜병 하나가 조휘의 눈빛, 미소, 그 넘실거리는 광기에 겁을 집어먹고 비명을 터뜨린 거다. 콰앙! 콰과광……! 다시금 폭음이 울렸다.

조휘가 내린 이 조의 진천뢰 투척 명령 때문이었다.

장소는 조휘의 좌우다.

철퍽!

뭔가가 조휘의 바로 앞에 처박혔다.

어깨부터 뜯겨져 나간 팔이었다.

"큭!"

콰득!

그걸 짓밟은 조휘는 다시금 지면을 박찼다. 그가 전방으로 다시 튀어 나가자마자 일선의 공작대가 다시금 조휘의 좌우로 홍뢰를 겨누고 기동 사격을 시작했다. 최전방을 달리는 피에 젖은 마도.

퍽!

달리는 속도 그대로 방패를 치켜드는 왜병을 향해 몸을 날려, 방패 위에 그대로 무릎차기를 넣었다.

퍽!

쩌적!

조잡한 나무 방패가 세로로 쩍 쪼개졌다. 이후 쪼개지는 틈으로 백악을 밀어 넣어 내리그었다.

스각……!

섬뜩한 절삭음이 들리자마자 다시 상체를 세우며 발을 세워 확 밀어 찼다. 그러자 방패가 완전히 쪼개졌고, 길고 붉은 혈선을 그린 왜병 하나가 멍한 표정으로 서 있었다.

"킥!"

그 모습을 보자, 조휘는 기분이 좋아졌다.

내가 아닌 적이 저런 모습을 하고 있으니까. 그게 참 좋다.

퉁! 투두두둥!

조휘에게 달려들던 몇 놈에게 가차 없이 홍뢰가 처박혔다. 사거리만 짧다뿐이지, 관통력은 행용총과 비슷하고, 연사력은 오히려 그 위라고 평가받는 놈이다. 그런 홍뢰는 지금 이 순간, 가히 행용총을 뛰어넘는 위용을 보여주고 있었다.

"삼 조 투척! 최전방 가장 멀리!"

다시금 조휘의 명령이 울렸다.

이후 다시 뛰는 조휘. 그의 뜀에 맞춰 공작대가 보조를 맞췄다. 조휘의 명령, 행동에 모든 촉각을 곤두세우고 반응하는 걸 보면 이화매가 가리고, 또 가려서 뽑았다고 자부심을 가질 만했다.

쉭!

쉬이익!

진천뢰가 조휘의 머리 위로 연달아 날아갔다. 새까만 구슬이 빙글빙글 돌며 날아가는데, 그 포물선은 아름다우며 무서웠다.

으악!

으아아악!

그러나 그건 조휘나 공작대에게만 국한된 것이다. 날아오는 진천뢰를 바라보는 왜병들에겐 그야말로 악몽이었다. 아니, 악몽이라는 말로는 그들의 감정을 설명할 수 없었다. 죽음이 다가오는 기분.

그걸 실시간으로 바라보면 어떤 감정이 머릿속을 지배할까?

집채만 한 호랑이가 자신을 노려보고 있을 때의 기분?

발끝에서 타오르는 불길을 바라보는 기분?

벼랑으로 떨어지다 바닥이 보일 때의 기분?

물에 빠져 허우적거리다 꼬르륵 가라앉을 때의 기분?

개개인마다 다를 테니 정답을 낼 수는 없지만, 아마도, 결단코 그리 행복한 감정은 아닐 것이다.

'오히려 정반대로 극한의 공포가 온몸을 잠식하겠지. 킥! 하지만 그게 좋단 말이야…….'

히죽.

조휘가 다시 웃음을 짓는 순간, 콰과과광! 진천뢰가 터지기 시작했다. 시뻘건 화염의 뱀이 날름날름 혓바닥을 내미는 것처럼, 어둠을 찢어발기며 검붉은 화염이 타올랐다. 그것도 곳곳에서.

'어?'

오싹한 기분이 들었다.

조휘는 본능적으로 고개를 비틀었다.

타앙……!

한 발의 총성이 울렸고, 팟! 조휘의 목 옆으로 붉은 실선이 생겨났다. 직격은 아니었다. 진짜 운이 좋았던 건지, 아니면 본능적으로 고개를 튼 게 도움이 된 건지 탄이 지나가며 생긴 풍압에 살이 찢겨나갈 뿐이었다.

조금만 늦었다면?

생각하기도 싫다.

조휘의 시선이 총소리가 들려온 곳으로 돌아갔다. 그리고 총을 쏜 놈을 확인한 후, 입가에 묘하면서도 비릿한 웃음을 지었다.

"무사란 새끼가… 총을 써?"

으득!

검붉은 갑주를 입고, 붉은 뿔이 달린 투구를 쓴 놈이 총을 휙던지더니 조휘에게 달려왔다. 그놈이 달려오는 걸 보며 조휘는 알아차렸다.

"사살 명령 떨어졌다! 일 조부터 돌아가며 진천뢰를 다 쓰고! 번갈아 가며 엄호해!"

조휘는 마주 달려 나갔다.

그러면서 다시 한 번 외쳤다.

"이제부터 사선(死線)이다! 각오 단단히 해!"

외친 직후, 쌍악을 다시 허리에 넣고 풍신을 잡는 조휘.

뿔 하나.

적각.

충분히 상대할 만했다. 하지만 아무리 조휘라도, 단번에 죽일 수는 없다. 뿔 한 개의 적각무사라도 충분히 강하기 때문이다. 조휘는 효율을 좋아한다. 이 순간 효율적인 전투를 위해서라면 뭘 해야 될까?

생각과 동시에 답이 나왔다.

"은여령!"

"가요!"

멀지 않은 곳에서 대답이 즉각 날아왔다.

조휘는 풍신의 손잡이를 잡아갔다. 시선은 고정. 다른 건 생각하지 않기로 했다. 일격, 일격에 죽인다.

어떻게?

거리는 순식간에 좁혀졌다.

교차하는 둘.

흐아압!

기합이 들리는 순간, 조휘는 호흡을 멈췄다. 그리고 전신 근육을 모조리 잡아당겼고, 멈추면서 지면을 미끄러지듯 흘러가다가 앞발에 힘을 주며 고정, 풍신을 잡아 뽑았다.

그아아앙……!

벼락같은 일도가 터졌다.

까앙……!

놈의 도와 조휘의 도가 서로 만나 공중에서 검붉은 불꽃을 터뜨렸고, 승자는 조휘였다.

"큭!"

놈의 도가 일순간 위로 튕겨 올라갔고, 그 순간 시꺼먼 그림자가 조휘의 옆을 스쳐 지나갔다. 서걱!

섬전 같은 쾌검.

더없이 깔끔한 검격.

놈이 주춤거리기 시작하자, 목이 주르륵 미끄러지더니 바닥으로 뚝 떨어졌다. 피가 분수처럼 쏟아지며 조휘의 온몸을 적셨다. 조휘가 죽인 게 아니다. 안다. 하지만 조휘는 들끓는 희열을 주체할 수가 없었다.

"크아아아……!"

포효.

모골이 송연해지고 솜털이 바짝 곤두서는, 그런 포효였다.

승자의 포효가 아닌, 피에 젖은 마귀가 자신의 존재를 온 세상에 알리기 위해 지른 광기 가득한 포효가 전장을 잠식해 들어갔다.

조휘가 터뜨린 포효에 주위의 소란이 일순간 멎었다. 쩌렁쩌렁하게 울린 탓도 있지만, 그 안에 담긴 모골이 송연한 기운에 거의 전체가 흠칫 놀라버린 것이다. 본능이 숨을 죽인 상태. 하지만 이런 상태는 원래 금방 끝난다.

"진 대주!"

강상현이 다시 고삐를 당기며 조휘를 불렀다. 조휘의 정신은 그 소리에 즉각 되돌아왔다. 두드드드드! 지축이 다시금 울리기 시작했다.

"달려!"

조휘가 바로 강상현을 향해 달리며 외쳤다. 멈춰 있던 공작대가 다시금 달렸다. 그러자 강상현이 다시 이화! 하고 소리쳤다.

"네!"

이화가 대답과 동시에 진로를 열었다. 그리고 이화의 옆에 달리던 대사도 이화의 반대편으로 진로를 열었다. 그러자 주인 없는 기마 떼가 보였다.

조휘의 눈이 번쩍 떠졌다.

이 정도까지 해줬는데 모르면 등신이다. 달려오는 기마에 올라타야 된다. 그러라고 일부러 끌고 온 것이다.

다행히 잠깐 멈췄다가 다시 달리기 시작해 그렇게 빠른 속도는 아니었다. 조휘가 말의 고삐를 잡아채며 말안장에 한쪽 발을 올리고 몸을 붕 띄웠다.

휘리릭!

멋들어지게 돌면서 말에 올라서는 조휘. 이 정도는 한다. 이 정도는. 이것도 살아남겠다고 다짐한 이후 배웠던 기술이다. 역시 뭐든 배워놓으니 도움이 된다.

조휘의 뒤를 이어 은여령, 장산, 위지룡 순으로 차례차례 기마에 올랐다. 실패하는 이들은 한 명도 없었다. 모든 상황을 예상하며 훈련에 훈련을 매진한 게 바로 공작대다. 어떤 작전에도 능숙하게 대처할 능력이 전부에게 있었다.

짝!

고삐를 당기며 말의 배를 확 차자 히히힝! 기마가 거칠게 투레질을 하며 속도를 올렸다. 그런 조휘의 뒤로 은여령이 따라붙었다.

이화가 보였다.

손바닥을 내밀고 있었다.

활활 타오르는 불길 때문에 그녀의 표정이 보였다. 통쾌하고, 시원시원한 표정.

짝!

그 손바닥을 조휘도 시원하게 마주쳐 줬다. 효시를 당기고 대체 어떻게 빠져나갔는지 참… 대단하다. 그러면서도 이렇게 딱 맞춰 구출대를 이끌고 왔다.

강상현도 대단하지만, 이건 이화의 능력이 없었으면 결단코 불가능한 일이었다. 애초에 조휘가 돌파를 강행한 이유도 이화를 믿어서였다. 위지룡과 이화 간의 약속이 없었다면 조휘는 돌파 말고 다른 방법을 찾았을 것이다.

이로써 두 번째.

그때 은여령이 조휘를 엮은 날에도 도움을 받고, 오늘까지.

처음 이화매가 이화를 붙이겠다고 했을 때 성질내면서 거절했으면 어떻게 됐을까? 생각조차 하기 싫었다.

두드드드!

조휘는 이화와 손뼉을 마주친 이후 앞으로 쭉쭉 치고 나갔다. 최전방. 그곳은 조휘가 서야 할 곳이다.

구출 받았다고 의병대의 틈에 보호받으면서 나갈 생각은 없었다. 그리고 솔직히 말해… 아직 조휘의 마(魔)는 죽지 않았다. 흑각, 그 새끼의 얼굴에 좀 더 먹칠을 해주고 싶었다. 그런 놈들, 조휘는 겪어봐서 안다.

더 날뛰어 줘야 자존심에 금이 쩍쩍 가서 지랄 발광을 떨 거다. 그리고 놈을 그렇게 못 만들고 나가면 성이 안 풀린다.

퉁! 투두두둥!

조휘의 양옆으로 붉은 가시가 빛살처럼 지나갔다.

푹!

푸부북!

조휘에게 총을 겨누던 넷이 가슴, 목을 부여잡고 쓰러졌다. 도건과 중걸의 저격이었다.

"흐!"

좋다.

저런 모습.

조휘가 바라마지 않던 모습이 바로 저렇게 죽어나가는 놈들이다. 그으으웅! 풍신을 뽑아 든 조휘.

슈아악!

목으로 날아드는 창을 몸을 눕혀 피하고는, 그대로 풍신을 갈겼다. 촤아악! 가슴을 쩍 갈라버리고 지나가는 풍신의 날에 붉은 혈화가 잔인하게 피어났다. 혈화는 조휘가 지나가며 생긴 바람에 짓뭉개져 떨어져 내렸다.

뒤이어 상체를 다시 세우며 풍신을 당기고, 손목을 안으로 틀어 휘두르는 조휘. 깡! 날아든 투척 무기 하나가 풍신에 막혀 팅겨나가고, 투둥! 뒤에서 도건이 다시금 홍뢰를 쐈다.

깡! 푹!

하난 막았지만, 두 번째 홍뢰가 눈에 그대로 박혔다.

으아! 으아아악!

찢어지는 비명이 유독 귀에 쏙쏙 박히게 울려 퍼졌다.

"크흐흑!"

하, 하아…….

좋아…….

아주 좋아…….

조휘의 입에서 비틀린 조소가 흘러나왔다. 머릿속 가득 찬 마(魔)로 인해 이제는 눈동자까지 새빨갛게 변해 있었다. 그런 조휘를 은여령과 강상현은 걱정스러운 눈으로 보고 있었으나, 조휘는 깔끔히 무시했다.

이런 상태라도, 조휘는 이성이 살아 있다.

"하아……!"

고삐를 더 당기고 풍신으로 한쪽을 겨눴다.

"쏴!"

네!

공작대의 우렁찬 대답이 나옴과 동시에 처저저적! 팔을 들어 조휘가 가리킨 방향을 겨눴다. 퉁! 투두두둥!

투두두두두두!

오십.

아니, 이제는 마흔으로 줄어든 공작대의 홍뢰가 붉은 불을 토해냈다. 인해 장벽을 뚫어내며 결국 또 몇 명의 공작대원이 죽었다. 그 원한을 지금 이 순간 즉각 풀어내고 있었다. 그 분노는 총에 심지를 당기던 왜병들에게 모조리 쏟아졌다. 게다가 그 순간에도 표적은 전부 따로 잡았는지 한 놈에게 두 발 이상 들어가는 법이 없었다.

그 짧은 틈에 왼쪽부터 줄을 세고, 자신의 표적을 잡은 거다. 그 결과 앞 열에서 심지를 당기던 놈들 대부분이 홍뢰의 화살을 급소에 처박고 쓰러졌다. 그런 공작대의 모습에 강상현도, 대사도 눈을 순간 동그랗게 떴다.

신기(神技)에 다다른 합격술.

둘이 살면서 단 한 번도 견식해 본 적이 없는 공격이었다. 대체 얼마나 훈련을 해야 가능한 걸까? 불쑥 그런 생각이 머릿속에 떠올랐고, 고개를 절레절레 저었다. 감히 감을 잡을 수가 없었다.

그리고 공작대도 대단하지만, 마에 물들어 있는 줄 알았던 마도(魔刀)도 대단하다. 그 순간 사격을 준비하던 총(銃)부대를 발견하고, 사격 명령을 내렸다. 이건 무시하지 못할 일이다. 왜? 자신은 놓쳤으니까.

못 봤다.

조휘가 풍신을 거두고 나서야 강상현도 알았다. 전장을 살펴보는 시야 자체가 달랐다. 왜 차이가 날까? 개인적인 무력은 강상현이 위건만.

그거야 당연히… 경험이다.

십 년간의 전장 경험.

강상현에게는 그게 없었다.

입술을 꾸욱 깨무는 강상현.

퍽!

벽조도에 걸린 왜병의 머리가 터져 나갔다. 태극도문의 비전을 익힌 강상현이다. 은여령처럼 내력의 형성도 이뤘다. 그의 무력은 이화와는 아예 비교가 불가능한 경지에 있었다. 그런 그 힘이 담기면 평범한 목도라도,

"합!"

퍼걱!

사람 머리통 하나 날리는 건 일도 아니다. 강상현이 다시 입

을 열어 소리쳤다.

"진 대주!"

조휘는 그 부름에 고개를 돌리지 않았다. 다만 속도를 좀 늦췄고. 둘의 거리가 비슷해지자 대답했다.

"말하십시오!"

"선회해야 합니다!"

"네! 길을 모르니 앞장서십시오!"

"네! 이럇!"

조휘는 속도를 좀 늦췄다.

대신 강상현이, 대사가 그 뒤를 따라 쭉쭉 뻗어나갔다. 그 순간에도 조휘는 고개를 획획 돌리며 사방을 확인하고 있었다.

언젠가 말한 적이 있다.

이런 전장에서 가장 위험한 건 눈에 잘 들어오는 창칼이 아니라, 눈먼 화살이라고. 불쑥 튀어나온 눈먼 화살이 진짜 무서운 거다. 말 그대로 정말 불쑥 튀어나와 위험을 제대로 인지하지 못한다. 알면 미리 막지만, 인지를 하지 못한 상태에서 날아들면 푹! 하고 내 몸에 꽂히는 법이다. 그렇게 맞으면 정말 엿 같다.

"위지룡!"

"네!"

"저 새끼, 저거!"

풍신이 다시금 한 곳을 겨눴고, 위지룡이 즉각 활에 화살을 먹이며 일어나 조휘가 겨눈 장소로 쏠 태세를 갖췄다. 빠르게 조휘가 겨눈 놈을 찾은 위지룡이 시위를 놓았다.

핑.

경쾌한 소리가 말발굽 소리에 묻혀 사라졌다. 하지만 쉬에에엑! 화살의 소리는 전장을 찢어발겼다.

푹!

그리고 공간을 격해, 정확하게 조휘가 겨눈, 몰래 총을 겨누던 놈의 심장에 틀어박혔다. 정말 정확한 저격이었다. 달리는 기마 위에서도 단방에 심장을 쑤셔버리는 저격. 근접 격투는 별로지만 정말 원거리 저격만큼은 신기(神技)에 달해 있었다.

흠칫!

조휘는 등을 서늘하게 만드는 살기에 몸을 잠깐 부르르 떨었다. 그리고 빠르게 사방을 살폈다.

"음……."

그리고 살기의 진원지를 파악하고는 미약한 신음을 흘렸다. 근데 웃기게도 입매는 비틀려 있었다. 미소가 감돌고 있는 거다. 그 미소의 원인, 전방이 갈라지고 있었다. 아주 빠르게 쭉쭉 갈라졌고, 그 갈라진 틈으로 새까만 덩어리가 모습을 드러냈다.

말도, 그 위에 무사도 전부 까맣다.

흑각무사.

모리휘원이다.

아직 거리가 먼데도 놈의 살의 가득한 얼굴이 보이는 것 같았다. 피부가 따끔따끔하다.

"진 소협!"

"앞으로 나와!"

"네!"

은여령이 조휘의 명령을 받고 앞으로 즉각 나왔다. 고삐를 한 손에 쥐고, 다른 손에는 정말 평범한 검 한 자루를 쥔 채 나온 은여령은 조휘의 옆으로 바짝 붙었다. 조휘는 그녀가 옆으로 다가오자 순간 안도감이 들었다.

남자가 창피한 거 아니냐고?

만약 그런 말을 하는 인간이 있다면, 조휘는 주저 없이 욕을 해줄 거다. 병신아, 그럼 네가 막아 봐! 하고.

그만큼 지금 전방에서 날아오는 살의는 거대했다. 좀 더 거리가 가까워지니 따끔거리던 피부가 이제는 찢어지는 것 같았다. 메마른 논밭처럼 쩍쩍 갈라지는 것 같았다.

흑각무사(黑角武士).

왜의 무사 계급 중에서도 정점에 선 자들에게만 수여되는 호칭. 영광스러운 호칭? 지랄… 그건 그놈들에게만 그렇고, 조휘에게는 지금 이 순간 그냥 전쟁에 전(戰) 자도 모르는 애송이에 지나지 않았다.

하지만 저 애송이는 너무 위험하다.

은여령이 일대일로 붙어도 승부를 장담할 수 없는, 그야말로 괴물 중의 괴물이다.

조휘는 안다. 자신은 절대 저놈을 상대할 수 없다는 걸. 십합? 그 정도나 버틸 수 있으려나 모르겠다. 그러니 당연히 은여령이 반드시 필요했다.

"흐아아아아압……!"

가까워지긴 했어도 거리는 아직도 상당한데, 놈의 기합이 조휘의 귀에까지 쩌렁쩌렁하게 들어왔다. 그러더니 길쭉한 묵창(墨槍)을 투척할 자세를 잡더니, 이내 어깨를 쭉 잡아당겼다가 그대로 내쐈다.

슈가아아아악!

공기가 찢어지는 소리, 비명을 지르는 소리가 창이 떠나고 나서 한참 뒤에야 울렸다. 조휘는 이를 악물었다. 창에 담긴 살의가 조휘 하나에게 집중됐다. 조휘가 무감각했으면 괜찮았겠지만, 오히려 그 반대라 그 살의에 정신이 마구 흔들렸다. 태어나… 정말 농담이 아니라 태어나 처음으로 맞이하는 극한의 공포.

'죽는다, 죽는…….'

저도 모르게 그런 단어를 되뇌게 만들 정도로 공간을 찢어발기며 날아오는 창의 압박감은 엄청났다.

하지만 조휘는 역시, 마도라 불릴 자격이 있었다.

으득!

볼살을 씹어 비릿한 피비린내로 정신을 그나마 일깨운 다음 겨우 소리쳤다.

"은여령!"

홉……!

대답 대신 호흡을 멈추는 소리가 들려왔다. 천지가 울고 있는데도 그 소리는 조휘의 고막에 아주 청명하게 울렸다.

쉭.

뭔가 조휘의 눈앞에서 번쩍했다.

쩡……!

"윽…….."

이후 고막을 뒤흔드는 소리에 조휘는 저도 모르게 인상을 썼다. 그리고 동시에 이성이 다시 원상태로 돌아왔다. 창이 품고 있던 압박, 살의에서 해방된 것이다.

"후아……!"

깊은 숨을 들이마시는 그 순간 흑각무사의 모습이 조휘의 전방에서 다시 잡혔다. 놈은 히죽 웃고 있었다. 재미있다는 듯. 정말 재미있어 죽겠다는 듯이 웃더니, 스르릉! 새까맣고 거대한 참마도를 꺼내 들었다.

원래 놈이 들고 있던 무기는 아니다. 마상용 무기를 따로 챙긴 것 같았다.

"끼아하하하하하!"

으득!

또다시 정신이 사나워지는 광소를 내뿜더니, 무식하게 참마도를 양손으로 잡은 뒤 어깨 뒤로 잡아당겼다.

그대로 휘두르겠다는 뜻.

은여령이 그걸 보고 좀 더 조휘의 앞으로 나섰다. 그러더니 검을 허리 쪽으로 이동시켰다. 그러자 급속도로 가까워지는 거리.

오십 보, 사십 보, 삼십 보.

기마를 탄 상태라 순식간에 십 보, 오, 사, 삼, 이, 일……!

쩡……!

은의 궤적, 흑의 궤적이 거의 동시에 그려졌고, 이후 충돌했다. 결과는 즉각 나왔다. 은여령의 신형은 격돌 순간 붕 떠서 뒤로 날아갔다. 와락! 그걸 조휘가 손을 뻗어 허리를 감아 겨우 품에 안았다. 반대로 흑각무사, 모리휘원은?

우당탕!

"크악!"

낙마를 면치 못했다.

무승부…….

조휘는 은여령을 앞에 앉히고 고개를 뒤로 돌렸다. 바닥을 구르고 일어난 모리휘원은 어느새 의용병과 공작대의 돌파 경로에서 벗어나 있었다. 정말 무지막지한 움직임이었다. 갑주까지 입고 낙상을 당했는데도 저 정도라니.

혹각의 위명(威名)은 허명이 아니었다.

'새끼… 봤냐? 전장에서는 판단 실수 하나가 이런 결과를 만드는 거란다. 네가 아무리 잘 싸워도, 승기(勝機)란 건 쉽게 못 돌린다고……. 다음에 또 보자, 애송이 새끼야……. 큭큭!'

"그땐 니 모가지도 반드시 따준다……."

큭큭!

다 좋다.

다 좋은데…….

놈의 짓뭉개진 미소를 봤어야 하는데, 그걸 보고 피식 비웃어 줘야 하는데, 그러지 못한 게 아쉬웠다. 그럼 멈춰 서 놈을 찾을까? 미친 짓이다.

조휘는 다시 고개를 전방으로 달렸다.

저 앞에서 길을 뚫고 나가는 강상현, 대사의 등이 보였다. 그리고 거리 감각상 이제 거의 빠져나왔다는 걸 조휘는 알았다.

'후우…….'

한숨이 흘러나왔다.

두드드드드!

사방이 조금씩 트이다가, 급소도로 확 트였다.

불빛이 사라졌다. 하지만 저 멀리서 동이 트고 있었다. 어느새 한 바퀴 선회를 끝내고 동쪽으로 경로를 잡았기에 보이는 동녘 하늘이다.

뜨는 해를 보자, 조휘의 마음을 채우기 시작하는 건… 벅찬 생존의 환희. 하지만 반대로 육체는? 불태웠던 체력의 소모로 인한 의식의 흐려짐이다.

"은여령……."

"네?"

"나 좀 잡아."

"네에?"

"잡아, 그냥. 기절할 것 같……."

"아!"

조휘는 끝까지 말을 하지 못했다. 그 전에 의식이 끊어진 탓이다. 하지만 은여령은 전부 알아들었고, 조휘의 양팔을 급히 잡아당겨 자신의 허리를 감게 하고, 왼손으로 덮어 고정한 뒤 오른손으로 고삐를 쥐었다.

조선에서의 마도 진조휘의 첫 번째 작전, 전설의 서막은 이렇게 끝을 맺었다.

제42장
본격적인 조선 전쟁 개입

"아, 덥다. 후우⋯⋯."

죽간의 산.

딱 그런 표현이 어울리는 탁자에 앉아 있는 여인은 무의식적으로 짜증 섞인 한숨을 흘려냈다. 누구인지 굳이 궁금해할 필요도 없었다. 이곳은 이씨세가다. 오홍련이란 사설 무력 단체의 시작점이자, 총본산. 요새를 방불케 하는 이씨세가의 집무실을 사용할 수 있는 여인은 이 땅 위에 단 한 명밖에 없었다.

이화매.

오홍련의 총 제독인 그녀 말고 감히 누가 이씨세가의 가주 집무실을 쓸 수 있을까?

그녀는 본가에 일이 있어 들어온 것이다. 물론 그 일을 끝내고 또 이렇게 일을 해야 하는 운명은 죽을 때까지 아마 피할 수 없을 것이다.

살짝 풀린 눈으로 죽간을 읽던 그녀는 별안간 상체를 벌떡 세우고 고개를 마구 저었다.

"하아……."

그 후 한숨을 흘리는 이화매.

더위 때문에 흘린 땀에 정신이 살짝 몽롱해졌었다. 그걸 알고 급히 고개를 턴 것이다. 그녀에게까지 올라오는 죽간들은 전부 중요한 것이다. 그러니 직접 확인하고, 방향성, 혹은 가부의 결정도 그녀 본인이 고려한 다음 결정을 해야 한다.

외출 나간 정신으로 일을 처리하면 아주 제대로 작살나는 거다.

후릅.

미지근한 차를 한 모금 마시고 의자에서 일어나는 이화매. 북방향 창문에 선 그녀는 잠시간 정면의 하늘을 바라봤다. 아니, 정확히는 살짝 동쪽으로 치우쳐진 곳의 하늘을 바라봤다. 아마 그녀의 시선이 닿은 하늘 어딘가 아래는 분명 조선일 것이다. 습관이었다. 하루에 한 번 북녘을 바라보는 게.

끼익.

"또 북녘을 바라보고 계십니까?"

집무실 문이 열리고 그녀의 심복인 양희은이 들어섰다. 한기가 감도는 차 한 잔을 쟁반에 담아 들고 있었다.

눈을 반짝이더니, 이내 단숨에 잔을 들어 마셔 버리는 그녀. 기품이라고는 눈곱만큼도 없었지만, 애초 그녀에게 기품을 바라는 것 자체가 웃긴 일이다.

"후아, 좀 살겠네."

우둑! 우둑!

허리를 풀어주고는 다시 난간을 잡고 북녘을 봤다. 황혼이 오기 직전의 하늘.

묘한 감정을 일으키는, 괜히 사람을 감성적으로 만드는 하늘빛이지만, 그녀는 오히려 입가에 미소를 그리고 있었다.

"뭔가 기대하고 계신 것 같습니다."

"응? 당연하지. 마도가 작전을 시작한다는 보고를 받은 이후, 아무런 보고가 없어. 그러니 기대가 되지. 뭔 일이 있었을까? 작전은 어떻게 흘러갔을까? 성공? 실패? 희은은 이게 안 궁금하고 배겨?"

"저는 그다지……. 오히려 걱정해야 하는 것 아닌지요?"

"걱정?"

풉.

이화매는 간만에 손으로 입을 가리며 여인처럼 웃었다. 하지만 그것도 잠시, 바로 손을 내리고는 호탕하고 하하하! 하고 대소를 터뜨렸다. 참으로 그녀다운 웃음이다. 어쩌면 경박하다 볼 수도 있는 그런 웃음.

이런 웃음에 말을 꺼낸 당사자인 희은이 기분 나쁠 법도 하지만, 그 굵직하고 강직한 표정에는 잔금 하나 가 있지 않았다.

덤덤한 표정.

익숙하다는 표정이다.

그럴 수밖에.

그녀는 감정 표현이 지극히 솔직하다.

그녀가 갓난쟁이일 때부터 기저귀를 갈아가며 키운 게 희은인데, 적응을 하지 못했다면 그게 이상한 일이다.

"희은, 난 걱정 따위 안 해. 그때도 얘기했지만 마도는 그런 곳에서 죽을 놈이 아니거든."

"그렇… 습니까."

"그래."

절대적인 믿음이 담긴 대답이었다.

솔직히 궁금하긴 하다. 도대체 그녀는 조휘의 뭘 보고 저런 믿음을 주는지. 그게 궁금해 양희은도 이미 그가 조선으로 떠나고 얼마 지나지 않아 물어봤지만, 그녀는 '감'이라고밖에 대답을 안 해줬다.

감.

솔직히 두루뭉술하다.

하지만 그렇다고 그걸 안 믿을 수도 없었다. 그녀의 감은, 기가 막힌 적중률을 보여줬으니까. 그것도 한두 번이 아닌 수십 번이나. 양희은 본인이 그녀의 부관으로 바다에 나간 이후부터 지금까지. 그 횟수는 결코 적지 않았다.

하지만 이상하게도 이번만큼은 걱정이 드는 양희은이다. 왜 그럴까? 그는 몇 날 며칠을 생각하고, 또 생각한 다음에야 겨우 이렇게 정의를 내렸다.

나도 늙었구나.

희은은 살짝 아련한 눈으로 이화매를 바라봤다. 솔직히 딸 같은 아이다. 아장아장 걷기도 전부터 모시기 시작해서 지금까지. 전대 가주가 바빴고, 모친은 그녀를 낳고 얼마 지나지 않아 사고로 이승을 떠났기에 전대 가주의 심복이었던 희은이 그녀의 양육을 거의 도맡았다. 그런 딸이 지금은 커도 너무 커버렸다.

양희은은 고개를 털었다.

이런 생각을 할 때가 아니었다.

그는 쟁반을 한데 내려놓고 품에서 서신 하나를 꺼냈다. 그녀가 바라마지 않던 소식이 담긴 서신이다.

아주 뜨끈뜨끈한, 마도가 조선에서 펼친 첫 번째 작전의 모든 행동, 결과가 적힌 서신.

"여기, 좀 전에 도착했습니다."

"이런… 그것부터 전해주지 그랬어."

맹금류가 물고기를 낚아채듯 양희은의 손에서 서신을 빼간 이화매는 지체 없이 그것을 펼쳤다.

서신을 읽으며 탁자로 걸어가 앉은 다음, 다리를 꼬고 서신에 집중하는 이화매. 그녀의 반대편에 양희은이 앉았다.

서신은 열 장이나 됐다.

마도가 조선에 도착한 이후부터, 저 서신이 적히기 시작한 순간까지 모든 게 적혀 있었다. 물론 이야기처럼 전부 풀어쓰지는 않았다. 마도의 행동, 이유만 적어 넣었다. 하지만 그래도 분량이 많았다. 이화매는 그걸 숨도 쉬지 않고 읽어 내려갔다.

서신을 다 읽은 이화매는 그걸 다시 양희은에게 건넸다. 양희은도 서신에 적힌 내용을 읽었다.

그리고 속으로… 몇 번이나 감탄했다.

그가 다 읽고 내려놓자, 이화매가 씩 웃으며 물었다.

"어때?"

"그저 놀라울… 뿐입니다."

"그렇지? 후후."

양희은은 이제는 완전히 인정할 수밖에 없었다. 서신은 감히 생각도 하지 못할 내용을 담고 있었다.

이동 경로.

전장 설정.

일만 오천의 대병력.

기습전과 동시에 잠입.

표적, 작전 결과 수정.

암살 실행.

인질.

인질 구출.

공작대 포위.

흑각무사 조우.

여기까지도 말이 안 나오는데,

탈출 내용은 정말… 대단하기만 하다.

탈출 준비, 시기, 전개 과정은 정말 감탄밖에 안 나온다. 이화매가 마도에게 보이는 절대적 믿음이 이제는 완전히 이해가 가버렸다. 그걸 그녀도 눈치챈 걸까? 좀처럼 보여주지 않는 싱그러운 미소를 짓고 있었다.

시선이 딱 마주치자 열리는 이화매의 입술.

"어때, 우리 중 과연 누가 그 서신에 적힌 일을 해낼 수 있을까?"

"으음……."

"가능성이 있는 사람으로 좀 추려 봐."

"네. 그나마 가능성이 있는 이로 뽑으라면… 이안, 유키, 알. 이 정도겠군요."

"그렇지. 그들이 그나마 백병전에 일가견이 있는 이들이니."

"하지만 이들도 힘들 겁니다."

"왜?"

"그들이 평소에 수행하던 작전과는 본질적으로 다릅니다."

큭큭!

이화매는 그 말에 웃었다. 그래, 저 말은 정답이었다. 다르다. 오흥련이 그간 치러온 전투와 이번에 마도가 벌인 작전과는 하늘과 땅만큼의 차이가 있었다.

해전은 어떻게 전개될까?

아무리 많이 나눠보려 해도 결론적으로는 딱 두 가지로 나눠진다.

포격전.
백병전.

제아무리 쪼개고 쪼개도, 결국 저 두 부류에서 벗어날 수 없었다.

"그렇지. 근데 웃긴 건 마도도 뢰주 군영에서는 우리가 평소 수행하던 작전만 수행했어. 그러니 마도가 겪은 전장은 그도 처음이라는 거야, 처음."

"처음……."

"믿겨지냐고. 내가 지금 정상 같아 보이지만… 옷 안으로 소름이 잔뜩 돋았어. 뭐야, 대체 저 미친 결과는?"

"……."

양희은은 침묵했다.

미친 결과, 그도 동의하기 때문이다.

"일만 오천의 군세 안에서의 암살. 솔직히 내가 억지로 부탁했지만 이것만 해도 정신 나간 짓이지. 하지만 마도라면 할 수 있다고 보긴 했거든. 그래, 다 좋아. 근데 흑각무사 조우?"

"음……."

이화매가 지금 이처럼 극단적인 희열을 느끼는 건, 조휘가 흑각무사와 조우했고, 그의 계략을 파악, 파쇄해 버렸기 때문이었다.

흑각무사.

솔직히 명(明)에서 이화매만큼 흑각무사의 존재에 대해 잘 아는 사람도 드물 것이다. 왜냐고? 수도 없이 싸워왔기 때문이다. 오홍련의 시작부터 지금까지. 그 세월 동안 수집된 모든 정보를 이화매는 온전히 다 알고 있었다.

조휘야 단순히 인간 같지 않은 무력의 소유자들 정도로 알고 있지만 실제로는 그게 아니다.

적각은 키워진다.

청각은 전체의 적각 중 상위 영점일 할이다.

그럼 흑각은?

청각 중 상위 오십 인일까?

아니다.

흑각은 '제작'이다. 수련으로 키워지는 게 아닌, 말 그대로 제작이다. 만들어진다는 뜻이다. 이런 흑각무사의 제작은 다시 극한의 과정, 극악의 확률로 정의할 수 있다. 그 과정은 정말 말도 하지 못할 것들이 너무나 많다.

인간이 가진 극한, 극악의 상상이 '모두' 제작 과정에 포함된다.

그렇게 제작되는 게 바로 흑각무사다. 이화매는 처음 솔직히 '흑각무사 조우'라는 문장을 보고 심장이 튀어나오는 줄 알았다. 그 문장을 보는 순간, 설마 전사……? 이런 생각을 떠올렸기 때문이다.

그녀의 최측근만 알지만, 이화매도 흑각무사를 만나봤다. 설마 안 만나봤을까. 왜가 죽도록 싫어하는 제일 순위 인물이 바로 이화매인데.

결론만 말하자면 만났던 그때, 죽을 뻔했다. 실제로 숨이 꼴깍 넘어갈 뻔했다. 등 뒤가 제대로 갈렸기 때문이다.

이격 때 막아 준 유키와 이안이 없었다면, 분명 그때 죽었을 거다. 정말 한 호흡. 한 치만 깊게 들어왔다면 목젖이 뚫렸다.

지금도 이화매의 등에는 긴 자상이 있다.

갈리는 순간 타버려 재생되지 않은 자상이.

그래서 흑각무사의 무서움은 이화매가 세상에서 아마 제일 잘 알 거다.

"그런 미친놈들에게서도 살아남았다는 거지. 알잖아, 이놈들 무력도 무력인데, 대가리도 더럽게 잘 돌아가는 거."

"네, 잘 압니다."

양희은의 눈이 일순간 날카롭게 변했다가 풀어졌다. 그도 그때가 생각난 것이다. 이화매가 죽을 뻔했던 그때가.

"그런데 뚫고 나왔어. 흑각 이놈이 이끌던 일만 오천의 군세를 뚫고, 고작 오십으로. 아, 물론 의용병의 도움도 있었지만 그 전에 마도의 능력이 없었으면 탈출은 불가능했지."

"거기다가 하늘이 돕긴 했습니다. 마도와 마주했던 흑각무사는 동심(童心)의 모리휘원이더군요."

"그래. 이놈에 대한 정보는 나도 알지. 아이에서 인격 성장이 멈춘 놈. 일그러진 동심을 가진 미친 새끼."

당연히 동심이란 반어법이다.

그 미친놈이 동심일 리가 없지 않나.

"그래서 마도가 허를 찌를 수 있었던 듯합니다. 물론 마도의 능력은 이제 인정합니다. 하하."

"후후. 다행이긴 해. 동심, 그놈이었으니까. 그나마 흑각 중에서는 상대하기 편한 놈이지."

"맞습니다."

"어쨌든 흑각과 조우하고도 살아남았어. 보니까 적각무사는 일대일로 잡을 수 있는 경지인데 말이야. 이게 바로 마도의 힘이야. 불가능이 가능해졌어. 아니, 가능해진 정도가 아니라 그냥 이뤄냈잖아?"

"하하……."

인정한다.

인정을 안 할 수가 없다.

"게다가 무력도 늘었고, 하나 더 소득인 건 공작대 전체의 역량을 다시 한 번 확인했다는 거지. 이건 정말… 대단하다는 말밖에는 안 나와."

"동감합니다."

"후후. 이번 작전으로 진천뢰와 홍뢰의 소모가 심했다니까 꽉꽉 지원해 줘. 아끼지 말고. 이럴 때 쓰려고 만든 거니 꽉꽉 쓰게 해."

"알겠습니다."

"그리고 앞으로 조선에서의 모든 작전은 마도의 재량에 맡기겠다는 말도 전해."

"네."

양희은은 이번에는 담담하게 대답했다. 이화매의 저런 믿음, 이번 작전으로 확실하게 그 이유를 본인도 알 수 있었다. 전폭적인 지지, 해줘도 충분한 인물이었다. 그의 복수의 대상이 그곳에 있는 것도 알고 있지만, 그것 때문에 일을 그르칠 인간도 아니라는 걸 알게 됐다. 할 일은 반드시 확실하게 해주는 성격. 받은 건 갚는 성격.

그게 마도 진조휘다.

이화매가 자리에서 일어났다.

"다음 서신이 기대되는군. 그때는 또 어떤 내용이 적혀 있을

지. 후후후."

"저도 마찬가지입니다. 하하."

양희은이 따라 일어나자, 이화매는 이번엔 동쪽의 창가로 갔다. 그리고 이제는 완연히 진 동녘을 노려봤다.

그곳에 있을까?

왜의 열도가.

"후, 마도가 그 먼 타지에서 저렇게 힘써 주는데, 우리도 가만히 있으면 안 되겠지. 양 부관."

양 부관.

호칭이 변하는 순간, 공적인 대화로 변했다.

척.

자세를 잡고, 굵직한 목소리로 대답하는 양희은.

"준비해 놨습니다."

"좋아……."

마무리하면 가자고.

슈우우.

마침 별똥별 하나가 떨어지고 있었다. 뒤이어 꼬리를 물고 떨어지는 별똥별들, 유성우를 보며 이화매는 서늘하게 웃었다.

소원?

아니, 그녀의 눈엔 포탄의 포물선으로밖에 보이지 않았다.

팔월.

팔월의 해는… 장난이 아니다.

특히 아무것도 없는 망망대해에 내리쬐는 뙤약볕은… 최악이다. 아니, 최악이라는 말도 부족할 것이다.

사람을 정말 미치게 만든다. 후덥지근하고, 해풍에도 열기가 가득 담겨 시원하기는커녕 짜증만 불러일으킨다.

"아… 미치겠네. 이 계절의 바다는 진짜 십 년을 넘게 겪어도 적응이 안 되네."

갑판에 서 앞섶을 쥐고 흔드는 이화매의 얼굴에는 짜증이 가득했다. 이미 축축하게 젖은 머리의 끝을 따라 땀방울이 방울져 흘러내렸다.

부채?

소용없었다.

이 계절 바다 한복판의 열기는, 그런 걸로 해결될 열기가 아니었다. 짜증스러워서 아주, 이성이 가출해 버릴 지경이다. 귀밑으로 흐르는 땀을 훔쳐내고, 뒤에서 들려온 인기척에 입을 열었다.

"놈들은?"

"죄송합니다. 아직 찾지 못했습니다."

"하아, 쥐새끼들이 사람 짜증 나게 하네……."

"거의 다 뒤졌습니다. 늦어도 하루 안에는 찾겠습니다."

"그래, 빨리… 찾으라고."

"네."

푸른 무복을 입은 유키가 인사를 하고 물러갔다. 벌써 일주일째다. 놈들을 찾아 이 수많은 군도를 뒤진 지.

마도의 활약상이 담긴 서신을 받고, 바로 다음 날 아침 일 함대를 이끌고 출항했다. 목적은 왜의 보급선단의 궤멸이고, 나아가 보급로의 차단이다. 처음엔 괜찮았다. 오홍련 함대가 출항했는지도 모르고 겁대가리 없이 정상항로로 부산포로 향하던 보급함대 일백 척을 모조리 바다에 수장시켰다.

이화매는 거기서 만족하지 않았다. 오히려 왜 쪽으로 선수를 돌렸다. 다른 곳에서 출발할 보급선마저 박살 내는 게 목적이었다. 그 목적대로 두 번째 표적인 보급함대를 찾긴 찾았다. 그런데 이놈들은 바로 도망쳤다.

도망친다고 포기할까?

설마.

이화매는 즉각 추적 명령을 내렸다. 그러나 군도 사이로 숨어든 놈들을 찾기는 쉽지 않았다. 그녀의 짜증은 이때부터 서서히 오르기 시작했다. 그리고 일주일이 지난 지금, 짜증은 절정에 달해 있었다.

어서 빨리, 매캐하고 후끈한 열기를 맡고 싶었다. 그 열기를 맞으면 몸이야 덥겠지만, 정신적인 짜증은 모조리 사라질 것 같았다.

"새끼들… 앞마당이라고 아주 잘들 숨었는데?"

선수의 난간에 기댄 이화매는 하얀 치열을 드러내며 웃었다. 짜증은 짜증이지만, 솔직히 말하자면 그만큼의 기대감도 충만한 상태였다. 놈들을 찾았을 때, 발포 명령을 내리는 자신의 모습에 대한 기대고, 그 명령이 이행된 이후 벌어질 피의 잔치가 기대다.

벌써 반년이 넘도록 이화매는 전투다운 전투를 해보지 못했다. 작년 한 해가 지나가기 전 큰 전투를 한번 치르고, 그 이후는 한 번도 없었다. 솔직히 말하자면 몸이 근질근질했다. 이건 마도의 거대한 전공을 본 이후 점차 심해졌다. 열병처럼 전신과 정신을 잠식해 갔고, 지금에 이르러서는 웃기게도 기대와 짜증이 동시에 성장해 서로 팽팽히 대립하고 있는 상태였다.

기함, 춘신이 부드럽게 선회를 시작했다.

이 선회가 끝나면 나오는 섬을 마지막으로 군도 사이를 전부 빠져나오는 게 된다.

"제독!"

"왜!"

망루에 올라서 있던 잠이 소리쳤고, 이화매는 얼른 시선을 돌려 그를 바라봤다. 잠의 시야는 이 중 최고다.

중원 대륙은 물론 사막 건너까지 평정을 하러 다녔던 북방 민족의 피를 잇기라도 한 건지 그의 시력은 정말 끝내줬다.

얼른 돌린 이유는 당연히 기대감 때문이다. 잠이 왜의 보급함대를 발견했을까 하는 기대감.

"우리 포위당했는데?"

"뭐?"

바람 때문에 소리가 흩어져 제대로 귀에 전달이 안 됐다.

"우리 포위당했다고!"

"포위?"

"응! 앞에 새까맣게 몰려 있어!"

"앞에만 있어?"

"응!"

"그럼 포위는 아닌데?"

포위란, 최소 삼면 이상을 막아야 포위라 할 수 있다. 안 그러면 그건 포위가 아니다. 근데 전방만 막고 있는데 왜 잠은 포위라고 할까? 이번에는 이화매가 먼저 물었다.

"몇 척이나 돼?"

"육십! 사십 척 정도가 안 보여!"

"아하."

이화매는 고개를 주억거렸다.

남은 사십 척은 따로 돌아서 좌우나, 후방을 공격할 생각인 것 같았다. 피식. 웃음밖에 안 나오는 이화매였다.

"나름 대가리 좀 굴렸다 이거냐?"

큭큭!

가소로워서 진짜.

"양 부관!"

"네!"

근처에 있던 양희은이 바로 다가왔다. 노년의 몸인데도, 살짝 출렁이는 갑판 위를 날듯이 다가왔다.

"함대 전열 정비해. 사년 전 작전 기억하지? 밀림 지역에서 했던 작전."

"네."

"그때처럼 가자고."

"네!"

"큭! 저것들이 우리 주포가 어떤 주포인지 모르는 모양이야. 그러니 보여줘야지. 뼈에 사무치도록 각인되게."

씩.

이화매의 입가에 섬뜩한 미소가 감돌았다. 양희은도 굵직한 그 얼굴에 미소를 그렸다. 오홍련의 전투 방식은 각각 함대의 제독마다 다 다르다.

그때 조휘가 인상 깊게 보았던 자줏빛 머리의 여인이 이끄는 함대는 섬멸전이 특기다. 전투가 벌어지는 순간 그냥 오홍련 전체에서도 손꼽히는 정밀 포격으로 적 함대 자체를 그냥 조져버린다.

진짜 말 그대로 조져버린다.

백병전 따위는 안중에도 두지 않고 정말 무지막지한 포격으로 모조리 수장시키는 게 그 여제독의 특기고, 반대로 또 다른 사막 출신 여제독이 이끄는 함대는 전투가 시작되는 순간 무시무시한 속도로 적함의 옆면을 때려 박고, 백병전으로 들어서서 선원 전체를 사로잡거나 죽여 버린다.

광동성에서 활동하는 원륭 같은 경우는 촘촘하게 작전을 짜서, 아예 지워버린다. 원륭은 웃는 낯과는 달리 전투에서는 피도 눈물도 없었다. 투항 따위는 받아주지 않는다. 애초에 명 수군 출신이었던 그를 이화매가 영입하려 했을 때, 조건으로 내건 건 자신은 절대 포로를 만들지 않을 거라고 했다.

발견 즉시 토벌.

무조건, 모조리 수장시키겠다고 했고, 그걸 이화매가 받아들이고 나자 명의 수군복을 벗고 오홍련의 제독이 되었다.

어쨌든 이렇게 다 각자가 선호하는 전술이 있었다.

그렇다면 이화매의 전술은?

상황에 따라 다르지만 기본은 포격전이다.

물론 그냥 포격전은 아니다.

자줏빛 여인의 특기보다 더욱 정밀한 타격. 정말 하루에 몇 차례나 연습하기 때문에 일 함대가 보여주는 명중률은 가히 상상을 초월한다. 열 발을 쏘면 최소 여덟에서 아홉 발은 맞는다. 그게 최소다.

게다가 일 함대의 대포는 사정거리가 엄청나다. 조휘가 전역하기 전 해에 역시 신대륙의 친우에게 구입한 대포다.

관통력, 사거리를 극한까지 끌어올린, 괴물 중의 괴물.

한 문의 가격이 정말 상상을 초월하지만 이화매는 전 함대의 대포를 바꿔버렸다. 이화매가 여유 있는 이유는 여기에 있다.

"포격 준비."

"네!"

척, 처저저저적!

첫 번째 수기(手旗)가 올라갔다.

이건 포격 준비의 신호.

포격 측량을 담당하는 잠의 외침이 들려왔다.

"거리 일천!"

일천 보는 아니다. 오홍련만의 포격 거리 계산법이다. 포병들이 바로 그 소리에 각을 맞췄다. 춘신이 부드럽게 다시 선회했다. 측면이 전방을 향한 이후, 이화매가 짧게 명령을 내렸다.

"개시."

"네!"

포격 개시!

양희은의 복명복창 이후 수기가 적색으로 변했다. 붉은 연꽃이 그려진 수기가 착착착, 명령을 전달했고, 콰앙……!

첫 번째 포격음이 들렸다.

두웅…….

배가 흔들렸다.

포격의 진동이 갑판을 흔든 것이다. 하지만 이건 시작이었다. 설마 기함 춘신에 포가 하나밖에 없겠나? 장담하는데, 전 세계를 뒤져도 춘신만큼 괴물 같은 전함은 찾기 힘들 것이다.

콰과과광……!

끝없는 포격의 향연이 시작됐다.

동시에 기함이 연신 들썩거렸다. 그렇지만 이화매는 난간을 한 손으로 부여잡은 채 균형을 유지했고, 웃는 낯으로 포격의 향연을 즐기고 있었다.

정확하다.

첫 번째 둔중한 진동을 선사한 포격이 가장 정면에 있던 전함의 갑판에 직격했다. 사방으로 비산하는 검붉은 화염.

화염탄이다.

포탄 하나의 가격이 상상을 뛰어넘는다. 하지만 그만큼의 값어치는 확실하게 했다. 이화매는 비산하는 화염을 보며 짙은 미소를 지었다. 거리가 멀어 들리지는 않겠지만, 들리는 것 같았다.

아비규환의 지옥에서 들려오는 악귀들의 비명 소리가.

"다 죽어버려."

기함을 노렸다.

이유는 딱 하나.

지휘 체계의 붕괴.

이후 검은 포탄이 포물선을 그리며 낙하, 전방을 가득 메우고 있던 왜선들에 직격하기 시작했다.

비처럼 쏟아지는 포탄들. 일 함대가, 총 제독 이화매가 자랑하는 초정밀 포격. 거의 모든 탄이 적함에 직격했고, 나무 조각과 화염을 동시에 비산시켰다.

흐아아아…….

강풍이 불었나?

아스라이 들려오는 비명이 들렸다. 소름이 돋을 정도로 음산한 비명이었지만, 이화매는 아랑곳하지 않았다.

그녀에게 왜놈들이란, 찢어 죽여도 시원찮을 천하의 개 잡종들이었다. 아니, 애초에 인간으로 생각하지도 않았다.

저 전함에 탄 놈들이 이제 막 들어온 신입들이건, 나름 깨끗한 놈들이건 그런 건 상관없었다.

이미 왜국의 깃발을 꽂은 장소에 존재한다는 것만으로도 죽일 명분은 참고 넘친다. 이화매는 그런 부분에서 절대로 흔들리지 않았다.

"사슬탄 준비."

"네!"

사슬탄 준비! 사슬탄 준비!

배의 돛을 박살 내는 사슬탄.

두 번째 공격으로 사슬탄이 사용되는 이유는 딱 하나다. 도망조차 못 치게 만들 생각인 것이다. 단 한 놈도 살아서 도망치게 하고픈 마음 자체가 아예 없는 거다. 그래서 처음에 화염탄으로 갑판 위 선원을 몰살시키고, 두 번째 탄으로 전함의 기능을 상실시킨다. 그럼 세 번째는? 물어볼 것 있나.

"그냥 다 죽이는 거지……. 발사!"

"네!"

포격 개시! 포격 개시!

양희은의 복창으로 다시금 붉은 수기가 척척척, 올라가며 사격 개시 명령을 포병들에게 전달했다.

투웅……!

첫 번째와 다른 둔중한 소리와 진동이 울렸다. 가장 중앙의 주포가 불을 뿜은 것이다. 휘리리릭!

두 개의 포탄이 쇠사슬에 서로 연결된 채 빙글빙글 돌며 날아가는 게 보였다. 휘리릭 날아간 사슬탄이 적기함의 돛에 직격하는 걸 확인하는 이화매. 이제 저 전함은 바다 위를 자신의 의지대로 누빌 수 없을 것이다.

투두두두두둥……!

뒤이어 허공을 수백의 사슬탄이 가득 메웠다. 전방의 기함 춘신, 그 옆의 화창을 필두로 앞으로 나선 오홍련 일 함대의 전함들이 일제히 포격을 개시했다. 처음 화염탄보다 몇 배나 많은 사슬탄의 향연.

마치 거대한 새 떼처럼 보일 지경이었다. 무리 지어 날아가는 철새들. 물론 모습만 그렇게 보일 뿐이다.

사슬탄의 포물선을 그리며 낙하를 시작하기 시작했다. 악몽의 시작이다. 우지지직! 휙휙 꺾여 나가는 돛을 보면서 이화매는 더욱 더 짙은 미소를 지었다.

"병신들이……."

큭큭!

너무 무시한 거다.

사거리 자체를 무시하고, 못 도망치겠으니 그나마 머리 좀 굴려보려 했지만 그것도 통할 상대가 있는 거다.

산전수전 다 겪은 이화매에게 저런 전술 정도는 그냥 촛불을 후! 불어 끄는 정도밖에 되질 않았다.

게다가 적함의 주력은 상선이다.

무장 전함도 아닌 상선의 무장 체계로 오홍련의 함대에, 그것도 총 제독 이화매가 이끄는 일 함대에 대항하려는 것 자체가 애초에 미친 짓이었다.

무력화된 왜의 보급 함대를 본 이화매는 사방을 훑었다. 뭐, 그래 봐야 보이는 건 섬, 바다밖에 없었다.

퇴로란 없는 상황.

"포위해."

"네."

춘신이 움직이기 시작했다.

쭉쭉 바다를 나가, 이제 적함이 아주 잘 보이는 곳까지 도착한 다음 다시 멈췄다. 기함 춘신이 멈추자 화창이 그 옆으로, 다시 양 날개처럼 퍼지며 적 함대를 포위하는 일 함대. 이십여 척은 남아 후방을 경계했다.

살려달라고 소리치는 소리가 들렸다. 수백, 수천의 왜구들이 하얀 천 등을 휘날리며 투항하겠다는 의사를 보내왔지만, 이화매는 그걸 받아줄 생각은 눈곱만큼도 없었다. 안다. 포로를 잡으려는 순간 등 뒤에 칼을 찔러 넣는 놈들의 심성을.

그걸 아는데,

투항?

"지랄하네."

피식 웃어준 이화매는 난간에서 손을 떼고 등을 돌렸다.

"다 죽여."

"네!"

그걸로 살려달라고 아우성치는 악귀들의 운명은 결정되어 버렸다. 피도 눈물도 없다고? 그럼, 그녀가 누군데.

이화매는 바다 위의 제왕이자 폭군이다.

제43장
전쟁의 참상

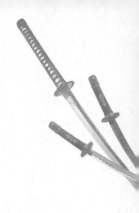

전쟁.

전쟁은 대체 왜 일어날까?

인류의 역사는 솔직히 말해 피로 작성됐고, 얼룩져 있다고 해도 과언이 아닐 것이다. 태초. 인류가 태동하고 나서부터 싸움은 항상 있어 왔다. 식량, 혹은 종족 번식에 가장 중요한 여성. 등등을 차지하기 위해서는 말보다 언제나 싸움이었다.

언어와 문자 생기고, 집단이 생기고, 문명이 발달을 해도 마찬가지였다. 아니, 오히려 더욱 커졌다.

언어와 문자는 지식, 지혜.

집단은 국가.

문명의 발달은 병장기의 진화.

그렇기 때문에 더욱 더 거대해졌고, 치열해졌고, 잔인해졌다.

춘추전국시대, 삼국시대, 그 이전의, 그 이후의 모든 역사는 결국 피다.

어느 학자가 전쟁에 대한 이유를 깔끔하게 정리했다.

전쟁은 결국 인간이 가진 축복이자 저주인 감정으로 인해 일어난다.

무슨 소리냐 하면 결국은 인간의 감정이 기폭제가 되어 전쟁이 터진다는 소리다. 땅에 대한 욕심, 개인에 대한 분노, 재물에 대한 탐욕, 혹은 피를 추구하는 광기, 온 세상을 지배하고픈 정복 욕구 등등.

결국은 감정이란 놈이 가장 먼저 문제가 되어 전쟁의 불씨를 당긴다는 소리다. 많은 사람들이 그 말에 동의했다.

갖다 때려 맞춰 보면 전부 들어맞기도 한다.

인간이 생각이 가능한 건, 감정의 다양성을 가진 건 분명 신이 내린 축복이다. 하지만 그 축복이 저주가 되는 때가 있다면, 가장 최악의 형태로 나타날 때가 있다면 그건 당연히… 전쟁이었다.

어느 한쪽이 병력을 이끌고 타인 집단의 영토를 침범하는 순간부터 벌어지는 게 바로 전쟁이다.

그럼 필연적으로 정복군과 방어군으로 나눠진다. 방어군은 괜찮다. 본국이니까. 하지만 정복군은 다르다.

언어, 문명이 다르면 내가 아닌 타인으로 분류를 하고, 그 분류로 넘어가면 이상하게도 도덕적, 윤리적 의식이 바닥까지 떨어진다.

전체는 아니지만, 최고 삼분지 이 이상에 가까운 정복군이 미쳐 버린다.

전장의 광기.

그 광기가 가장 최악의 형태로 나타나기 시작하면 그건 정말 끔찍하다. 어떤 단어를 붙여도 설명이 불가능하고, 아무리 정상적으로 표현하려 해도 불가능하다.

그야말로… 최악.

인세의 지옥이 있다면 분명 광기에 쌓인 정복군이 휩쓸고 간 대지일 것이다. 그런 대지 위에 조휘가 도착했다.

＊　　　　＊　　　　＊

"……."
"……."

조휘는 마을을 들어서자 보이는 광경에 말문을 턱 막혀버렸다. 그리고 혹시라도 벌어질까 손을 들어 자신의 입을 막아버렸다.

우욱!

우웨엑!

뒤에서 구토 소리가 들려왔다. 그것도 공작대원의 구토 소리였다. 천하의 공작대원이? 조휘는 그럴 만하다고 생각했다. 지금당장 조휘의 속도 부글부글 끓어 넘치려 하고 있었다. 반 시진전 먹었던 모든 음식물이 식도를 타고 역류할 태세를 완전히 갖추고 있었다. 언제고 조휘가 제어를 풀어버리는 순간 역류해, 다시금 세상 밖으로 튀어나올 것이다.

그만큼 시선에 담기는 광경은 처참했다.

팔.

다리.

몸통.

목.

등, 등등…….

인간의 육신 자체가 짓이겨져 사방팔방 깔려 있었고, 그 위를 덮은 건… 온갖 벌레들과 날짐승들이었다.

조휘는 감히, 정말 감히 마을의 입구에서 한 발을 밀어 넣지 못했다. 발이 땅바닥에 찰싹 달라붙은 것처럼 떨어지질 않았다.

죽음의 기운이 완전히 잠식한 마을 안으로 들어가는 걸 본능이 아예 거부하고 있었다. 천하의 조휘가 이 정도다.

다른 사람들은 말할 것도 없었다.

그냥… 숨이 턱턱 막힌다.

까드득…….

이를 천천히, 신경질적으로 간 조휘는 한 발을 겨우 떼 앞으로 밀어 넣었다. 자박. 마을의 정문으로 보이는 곳 너머로 조휘의 몸이 들어갔다. 단순히 한 발자국 걸쳤을 뿐인데도 몸서리쳐지는 뭔가가 느껴졌다.

존재하지 않을 것 같으나, 분명히 존재하는 기운.

"욱…….."

한 발을 더 넣어 완전히 안으로 들어갔을 때는 조휘도 손으로 입을 막았다. 그리고 반대쪽 손으로 품에서 천을 꺼내 교대로 입과 코를 막았다.

망자의 기운이 한데 뭉쳐, 독을 형성하고 있는 마을이다. 이런 곳에서 하루만 있어도 중독될 것이다.

조휘가 들어서자 공작대원들도 하나둘 마을로 들어왔다. 물론 아주 죽을상이었다.

"장산, 위지룡, 중걸, 악도건."

네, 네, 네, 네.

네 개의 대답이 전부 달리 들려왔다. 보통 호흡을 맞춰 대답을 하는데 왜 이런 간격이 생겼을까? 정상적인 사고와 정상적인 호흡이 불가능해서였다.

"위지룡, 악도건, 둘은 생존자를 찾아. 혹시 모르니 꼼꼼하게 찾아봐. 반 시진 뒤 마을 중앙에서 보자."

"네!"

조휘의 명령에 둘은 공작대 반을 데리고 빠르게 사방으로 흩어졌다. 남은 둘에게는 불을 지필 모든 걸 모아 오라고 했다.

다시 장산과 중걸이 남은 반을 데리고 사라졌다.

"참혹하네요……. 이런 광경은 처음 봐요."

"……."

조휘는 그 말에 고개를 주억거리며 주변을 둘러봤다. 팔다리, 인간의 내부 장기가 빨래처럼 사방에 널려 있었다. 단순한 묘사가 아닌, 실제로 그랬다. 온갖 악취와 벌레들이 들끓고 있었다.

이런 상황이면 죽어서도 안식을 취할 수가 없을 거다.

으드득.

저절로 주먹이 쥐어지며 격렬한 소음을 만들어냈다. 혹혹 고개를 제멋대로 치켜드는 마(魔) 때문에 온몸에 소름이 돋아나고 있었다. 참는 것도 곤욕이었다. 하지만 완전히 눌러내지는 못하고 있었다.

이미 조휘의 눈엔 짙은 살심이 번들거리고 있었다.

멍해서 탁하던 빛은 빠져나가고, 그 자리를 대신 차지한 건 새파란 빛이다.

"나도 주변을 좀 둘러보고 오겠네."

"……"

오현의 말에 조휘는 고개만 끄덕였다. 오현이 사라지자 조휘도 다시 걸음을 뗐다. 그 뒤를 은여령이 적당히 거리를 두고 따라왔다.

조휘는 이화가 같이 움직이고 있지 않음에 감사했다. 그녀는 현재 강상현과 조휘를 잇는 직통선이 되었다.

오직 두 무리의 연계를 위해서.

그래서 지금 이 자리에 없었다.

만약 있었다면?

길길이 날뛰었을 것이다. 그녀의 무력 또한 최소 자신 정도이니, 혼자 놈들을 쳐 죽이러 간다고 할 수도 있었다.

푹푹 쪄서 안 그래도 더워 죽겠는데, 사방에서 시취가 올라오니 걷는 것도 고역이었다. 하지만 조휘는 걸음을 멈추지 않았다.

그는 아주 작게 빌었다.

단 한 사람이라도 살아 있기를.

이 마을을 쓸고 간 게 어떤 놈들인지는 모르겠지만, 완전한 학살을 원했을 것이다. 하지만 실패했다. 그렇게 생각하고 싶었다. 생존자를 한 명이라도 찾음으로써 말이다. 그러나 조휘는 이미 마음을 비웠다.

생존자…….

없을 것 같았다.

척하면 척이라고, 이런 땅에 살아 있는 사람이 있기를 기도하는 것 자체가 매우 무리 같았다.

반 시진 정도가 흐르고, 조휘는 마을의 광장의 우물가로 갔다. 아직 도착한 이들은 없었다. 하지만 잠시 뒤 둘씩 짝을 이룬 공작대가 우물가로 모여들기 시작했다. 표정은 다들 어둡기 그지없었다.

마지막으로 오현이 도착했다.

조휘는 묻지 않았다.

안 들어봐도 이미 결과는 나와 있었다.

"후우……."

짜증이 정말 것 잡을 수 없을 정도로 올라오기 시작했다. 조휘는 하늘을 올려다봤다. 망막에 이상이 생겼나? 강렬하게 내리쬐는 해가 흐릿했다. 일그러져 보였다.

"전부 태운다. 준비해."

네.

최소한 인간의 도리는 해야 했다. 못 봤으면 몰라도, 봤으니 수습은 해주겠다는 거다. 그 거지 같은 타격대에서도 죽음에 대한 예의는 그나마 지켜 준다. 따로 유품을 챙겨 가족들에게 보내주거나, 시신이 동물, 벌레들에게 욕보이지 않게끔 가능한 한 전부 수습해 화장까지 치른다.

다시 한 시진 정도가 지나자 공작대원들이 모닥불을 만들어 마을 곳곳을 누볐다. 시신의 유해는 건드리지 않았다. 일단 너무 썩어 수습하기도 쉽지 않았기 때문이다.

그러니 별수 있나. 그냥 마을 자체를 화마에 떠넘길 생각이었다.

예로부터 불은 정화의 힘이 있다고들 했다. 그 정화의 힘이, 이곳을 쓸어주고 가길 빌 뿐이었다.

검은 연기 뒤, 넘실거리기 시작하는 화염을 보며 조휘는 짧게 명복을 빌었다. 이후 그는 마을을 등졌다.

그런 조휘에게 오현이 다가왔다.

"이쪽으로 좀 와보게."

"왜?"

"봐야 할 게 있네."

나이 차이는 꽤 나지만, 이제는 아예 서로 말을 편하게 하는 사이가 됐다. 조휘는 오현을 따라갔다. 오현이 조휘를 데리고 간 곳은 마을 뒤편에서 저 앞에 산으로 이어지는 들판이었다. 거기서 좀 더 나오자 조휘는 오현이 왜 이곳을 보여주려고 했는지 알 수 있었다. 눈빛이 극히 신중해지는 조휘.

평야를 쓸고 간 것은 분명 말발굽과 사람의 발자국이었다.

일정치 못하지만 저 앞산으로 이어지고 있었다.

조휘는 좀 더 꼼꼼하게 확인했다. 그러나 보면 볼수록 확실했다. 생존자가 있었다. 그리고 그들은 끌려갔다.

어디로?

"저 산일까요?"

은여령도 흔적을 보고 조휘와 같은 생각을 했다.

조휘는 잠깐 생각하다가 고개를 저었다.

"산이 너무 낮아. 숨어 있기에는 적당한 곳이 아니야."

산은 낮고, 게다가 가깝다.

저런 곳에서 뭘 할 게 있을까?

조휘는 그럴 가능성은 없다고 봤다. 저렇게 뻔히 보이는 곳에 둥지를 튼다니, 있을 수 없는 일이었다.

"그래도 확인은 해봐야겠지."

있을 수 없는 일이 혹시 일어날 수도 있지 않을까?

"제가 갔다 오겠습니다."

"저도 갔다 오겠습니다."

위지룡과 악도건이 나섰다.

조휘는 고개를 끄덕였다.

그 허락에 두 사람은 민첩하고, 탐색에 일가견이 있는 공작대원 열을 차출해 전방으로 보이는 산으로 달려갔다.

조휘는 짧게 휴식 명령을 내렸다. 마을 옆으로 개울이 흘렀고, 공작대원들은 저마다의 방식으로 휴식을 취했다.

육포로 요기를 하거나, 옷을 갈아입고 따로 세탁을 하거나. 조휘는 그늘진 곳을 찾아 앉았다.

"찾으면 어떻게 할 건가요?"

은여령이 옆에 앉으며 물었다.

요즘 들어 부쩍 말을 잘 걸어왔다. 조휘도 벽을 조금 허물었기 때문이다. 은여령, 정말 말도 안 되는 무력을 보여주는 여자.

솔직히 이 여자 때문에 저번에 살아서 나올 수 있었다. 특히 마지막 흑각무사의 투창은 조휘로서는 막기 힘든 공격이었다.

반응이고 자시고, 마치 공간을 접어 날아와 눈앞에 혹 나타나는데 무슨 반응을 하겠나. 풍신을 뽑을 때쯤 아마 심장이나 대가리가 꿰뚫렸을 거다. 그래서 많이 희석됐다. 일 년 정도만 더 지나면 다 사라질 것 같았다. 아니, 큰 계기 하나만 있으면… 사라지지 않을까 싶었다.

'물러져서는 곤란한데……'

생각을 접고,

"봐서 움직여야지."

"봐서요?"

"그래. 너무 많으면 당연히 기습은 보류고, 우리끼리 가능하면……"

씨익.

입꼬리가 슬며시 말려 올라갔다. 누가 봐도 위험천만한 미소다. 좀 전의 마을. 저런 걸 봐놓고도 그냥 지나갈 만큼 조휘가 감정 없는 인간이 아니었다. 인간 같지도 않은 짓을 했으면 당연히 그에 따른 벌을 받아야 할 것 아닌가.

'니들이 했던 짓과… 똑같은 벌을.'

만약 있다면? 조휘는 시선을 돌려 불타는 마을을 보며 약속했다. 반드시, 똑같이 만들어주겠노라고.

기대해도 좋다고.

조휘는 짐에서 육포를 꺼내 질겅질겅 씹었다. 간이 세서 그런지 온몸으로 짜르르한 전율이 스쳐 지나갔다. 저도 모르게 인상이 찌푸려지는 맛이었다. 해가 서산마루로 도착해 갈 때쯤 위지룡과 악도건이 돌아왔다.

"찾았어?"

"네."

"네? 있었어?"

"네. 보니까 놈들, 탈영병들 같습니다. 수는 약 백 정도 됩니다."

"그래……?"

"어떻게 하실 생각입니까?"

그렇단 말이지…….

모두의 시선이 조휘에게 달라붙었다.

진득한 기대.

피식.

스르륵.

그 자세 그대로 일어난 조휘가 짧게 명령을 내렸다.

"준비해."

그리고 그 한마디에, 공작대원 전체가 참으로 알기 쉬운 미소를 그렸다. 살기로 번들거리는 미소 말이다.

야심한 밤.

불빛 한 점 없는 칠흑의 어둠.

그런 어둠이 꾸물거렸다.

한 곳도 아니고 여러 곳에서 꾸물거렸다.

가장 최전방에서 꾸물거리는 게 바로 조휘의 신형이었다. 흑의를 입고, 머리까지 검은 복면을 써서 눈동자만 드러나 있었다. 하지만 그 눈동자도 거의 어둠에 묻혀 있어 파악이 불가능한 상태. 못 찾으면 끝은 아마 볼만할 거다.

입구에 거의 도달한 조휘가 손을 들었다.

투둥.

핑.

악도건의 홍뢰와 위지룡의 활이 동시에 길쭉한 화살을 쏘았다.

푹, 푸북!

"컥……."

둘 다 명중했지만 신음은 딱 한 번만 울렸다. 위지룡의 저격이 한 놈의 목울대에 꽂혔기 때문이다.

입구를 지키던 두 눈이 쓰러지고, 입구 바로 뒤 망루에서 소란이 일어났다.

투두두둥!

홍뢰가 다시 불을 뿜었다.

고개를 내밀던 놈들의 정수리와 얼굴에 박혔고, 곧이어 밑으로 추락했다. 픽! 둔탁한 소리가 났지만 지금 시각을 생각해 보면 이 소리에 반응할 수 있는 것들은 그리 많지 않을 거다. 하지만 그것들은 분명 문제가 된다.

조휘의 신형이 어둠을 빠르게 갈랐다. 쉭쉭, 달리면서 사방을 확인. 가장 가까이 있는 목조 건물로 다가가 바로 문을 열었다. 끼이익! 문의 이음새에서 나는 소리가 조휘의 귀에는 천둥소리처럼 들렸다.

암습에 이런 소음을 일으키다니, 자격 미달이다.

하지만,

야밤이라면 얘기가 달라지는 거다.

부스럭거리는 소리가 들렸다. 문 열리는 소리에 반응해 본능적으로 뒤척거리는 소리.

파바박!

푹!

그래서 바로 목에 흑악을 꽂아 줬다.

크르르……

가래 끓는 소리가 들렸다. 동시에 숨이 넘어가는 소리이기도 했다. 조휘에겐 아주 익숙하기도 한 이 소리.

푹! 푸북!

조휘 뒤로 들이닥친 공작대의 인원이 목조 건물에서 잠을 자던 왜놈들을 학살하기 시작했다. 걷는 소리, 찌르는 소리, 가르는 소리들만 주기적으로 흘러나왔다. 조휘가 두 번째 놈의 입을 틀어막고 심장에 다시 흑악을 쑤셔 넣을 때쯤에는 건물 안에 살아 있는 놈들은 하나도 없었다. 스물에 가깝던 놈들이 공작대 열에게 모조리 목숨을 빼앗긴 것이다.

억울할 거다.

자신이 죽는 순간도 제대로 인식하지 못했으니.

'하지만 이게 어울려. 너희 같은 개새끼들은……'

아니, 개한테 미안한 말이다.

이놈들과 비교했으니까.

조휘는 바로 등을 돌렸다.

타앙……!

문을 열고 나오는데 총소리가 울렸다.

그 소리에 조휘의 정신이 번쩍 돌아왔다. 총이 있을 거라는 예상은 했다. 하지만 이렇게 빨리 울릴 거라는 생각은 하지 못했다.

밖으로 나온 조휘는 총소리가 난 곳으로 바로 달렸다. 저 멀리 모닥불 옆에서 길쭉한 뭔가를 들고 끙끙거리는 신형이 보였다. 조휘는 바로 손으로 가리켰다. 퉁! 투두둥!

"악!"

조휘의 손짓에 바로 홍뢰가 터지고, 비명이 뒤따라 울렸다. 총소리에 아직 처리하지 못한 건물 네 개에서 왜놈들이 우르르 몰려나왔다. 하지만 그 수는 많지 않았다. 열씩 쪼개진 공작대가 벌써 가장 가깝게 있던 건물에서 반 정도나 목을 따버렸기 때문이었다.

공작대의 암습 능력은 확실히 뛰어났다. 애초에 이화매가 이런 상황을 염두에 두고 키운 부대였기 때문이다.

아주 잠깐, 그 잠깐 동안이면 사람 목 하나 비틀고 가르는 건 일도 아니었다.

"총 드는 새끼들, 모조리 쏴."

조휘가 저벅저벅 걸음을 옮기며 조용히, 그리고 서슬 퍼렇게 명령을 내렸다. 대답은 들려오지 않았다.

퉁! 투두둥!

다만 명령을 이해함으로써 대답을 대신했다.

스르룽.

조휘는 흑악과 백악을 집어넣고 풍신을 꺼내 들었다. 아주 마음에 든다. 한군데 뭉쳐서 사냥하기 딱 좋았다. 탈영병. 전쟁의 광기를 이기지 못하고 도망쳐 나온 것들. 혹은 전투에서 찢어져 합류하지 못한 것들.

실력이 좋은가, 좋지 않은가에 대한 걱정은 할 필요가 없었다. 이미 승기는 기울었기 때문이다.

퉁! 투두두두두둥!

전면에 나서 사격 자세를 취한 놈들에게는 여지없이 홍뢰가 징벌을 내렸다. 총의 약점이 바로 저 부분이다.

조준, 격발까지 시간이 걸린다는 점.

반대로 홍뢰는 즉각이다.

바로바로 대응이 가능하다는 소리다. 수없이 총을 겪어보면서 공작대는 이제 그 간격을 아주 잘 파악하고 있었다. 그 차이는 지금 이 순간 명확하게 드러났다. 다수와 만나면 힘들지만, 소수 대 소수로 붙는다면?

홍뢰의 필승이다.

칙쇼오……!

길게 늘어지는 왜놈들의 욕설을 들으면서 조휘는 혀를 한 차례 길게 핥았다. 무수히 많이 들었던 욕설이 오늘따라 왜 이렇게 달콤한지, 그 이유를 너무나 잘 알고 있었다. 기대하고 있었다.

타다닷!

순식간에 거리를 좁힌 조휘의 도가 그대로 어둠을 갈랐다. 검신 자체가 거무튀튀해 어둠에 묻힌 풍신은 궤적을 그려주지 않왔다. 하지만 경로에 있던 모든 것들을 갈라버렸다.

촤아악!

화가 나서 그런가?

평소보다 더욱 힘이 담긴 풍신이 머리 하나를 쳐올렸다.

크악!

운 좋게 목 한 쪽만 옅게 베인 놈이 이가 나간 창을 쭉 찔러 왔다. 두 걸음 물러서서 창을 피하는 조휘. 물러서는 순간 어느새 풍신은 들어가고, 흑악과 백악이 손에 쥐어져 있었다. 깡. 백악으로 창을 툭 쳐올리고, 활짝 열린 공간으로 스르륵 흘러들어가는 조휘.

쉭.

간결한 소음.

"컥, 커억……."

목을 쥐고 주춤주춤 물러서는 놈에게서 시선을 뗀 조휘는 옆구리로 들어오는 창을 다시 쳐냈다.

깡!

퍽!

우둑!

어느새 오현이 창을 쥐고 있던 놈의 면상을 그대로 주먹으로 후려쳤다. 고개가 뒤로 팅겨져 나가며 뼈가 박살 나는 소리가 들렸다. 주먹질 한 방에 목뼈를 분지를 정도다. 공격을 했으니 전신에 근육을 팽팽하게 당겨놨을 텐데도, 그걸 끊어 치기 한 방에 무력화시켰다. 털썩. 덜컹거리는 목을 부여잡고 뒤로 풀썩 쓰러지는 소리를 기점으로 공작대가 달려들었다. 사방에서 감싸 안은 다음 홍뢰로 정신을 쏙 빼놓고, 근접전으로 들어가 각자의 무기로 왜놈들을 학살하기 시작했다.

놈들이 비명과 괴성을 지르며 발광을 했지만 공작대 그 누구도 눈 한 번 깜빡하지 않았다. 인간이 아니다.

괴물이다.

아니, 악귀다.

마을에서의 그 참상을 보며 조휘만 열 받았던 게 아니었다. 공작대원 전원이 조휘만큼 분노했었다.

"흐압!"

퍼걱!

픽!

장산의 도끼가 대가리를 후려쳐 쪼개버리고, 또 후려쳐 갈라버렸다.

푹, 푹푹푹!

중걸의 단창이 상반신에 구멍을 마구 뚫어댔다. 이미 최초 한 방에 목숨을 끊었는데도 필요 이상 잔인하게 손속을 쓰고 있었다. 효율을 극단적으로 따지는 공작대답지 않지만 조휘는 막지 않았다.

조휘 본인도 그러고 있었으니까.

"카악!"

흑악을 옆구리에 쑤셔 박자 온몸을 비틀며 비명을 질렀다. 조휘는 그 비명을 듣는 순간 바로 손목을 비틀었다.

"끄아아악!"

그러자 신경 다발과 근육이 마구 찢어지며 더욱 소리쳐 울었다. 꿰뚫린 제 옆구리를 보는 눈에 눈물이 그렁그렁했다.

"아파?"

조휘는 저도 모르게 히죽 웃으며 물었다. 울기 시작한 놈이 그 소리에 반응, 조휘를 보더니 애원의 눈빛을 보냈다. 눈빛에 서린 애원. 조휘는 보자마자 알 수 있었다.

"그들도 그랬겠지. 살려달라고 빌었을 거야. 그렇지?"

그렇게 물으며 조휘는 다시 손목을 반대로 돌렸다. 흑악의 날이 그것의 역방향으로 회전하며 찢어냈던 모든 것들을 다시 한번씩 건드렸다. 그러자 놈의 입에서 다시금 비명이 터졌다.

이후 많이 들었던 살려줘, 살려주세요, 등등을 꺼냈다.

"키아아!"

왜놈들 특유의 괴성과 함께 조휘의 머리로 둔중한 도리깨 같은 게 떨어졌다. 왜의 무기가 아닌 조선의 무기였다.

깡!

조휘는 그걸 백악의 넓적한 면으로 막았다. 반격은 하지 않았다. 조휘의 양옆으로는 놈을 대신 죽여줄 이들이 넘쳐 났으니까.

서격.

은여령이 어느새 조휘의 옆으로 와, 번쩍이는 검격으로 목을 잘라버렸다. 극단적이다 싶을 정도의 간결한 동작이지만, 조휘는 안다. 저런 검격으로 흑각무사의 칼질도 막을 수 있다는 걸.

오현과 은여령이 조휘의 양옆을 지키기 시작했다.

푹! 푸부북!

흑악을 뽑아내고, 어깨, 목, 심장에 차례대로 쌍악을 번갈아 찔러 넣어 구멍을 냈다. 순식간에 만들어진 구멍에서 피가 뭉클 쏟아져 내렸다. 조휘는 피하지 않았다.

빡!

앞으로 기우는 놈의 턱을 그대로 걷어차, 목뼈까지 아예 분지르고 나자 전투는 거의 끝을 향해 다가가고 있었다.

최초에 목조 건물로 들어가 거의 반에 가깝게 수를 줄여놓은 게 결정적인 한 방이었다. 이후 나온 놈들은 공작대보다 이십 정도 더 많았지만, 애초에 상대가 될 수 없었다. 공작대 하나하나의 능력은 조휘만큼은 아니더라도, 최소 지금 뢰주 군영 타격대를 이끌고 있을 검영 정도는 되니까.

거기다 놈들의 유일한 위협 무기라 할 수 있던 총도 홍뢰에 막혔다. 거기서부터 이미 전투의 승패는 결정 난 거다.

포로?

"다 죽여. 한 놈도 남기지 말고."

조휘의 명령에 공작대원들이 무기를 버리기 시작하는 왜병들에게 달려들었다. 비명이 연신 터져 나오고, 살려달라고 애원하는 소리도 비슷하게 흘러나왔다. 하지만 조휘는 싹 무시했다. 살려둘 마음?

애초에 눈곱만큼도 없었다.

조휘의 목적은 단 한 놈도 남겨두지 않고 모조리 죽이는 것이었다. 조휘가 흑악과 백악을 털어내고 다시 고개를 드는 순간 움직이는 왜놈들은 없었다.

"위지룡, 악도건."

"네."

"네, 대주."

뒤에서 지원하던 위지룡과 악도건이 빠르게 다가왔다.

"애들 데리고 싹 뒤져. 분명 숨어 있는 놈들이 더 있을 거다."

"네!"

"네!"

대답이 동시에 나오고, 둘은 각각 공작대를 이끌고 사라졌다.

"장산, 중걸, 포로들의 위치를 확인하고 전부 데리고 나와. 대부분 여인이겠지만, 사내들은 조심해라. 변장했을 수도 있으니까."

"네!"

대답 후 둘이 남은 공작대를 이끌고 사라졌다.

협곡은 크지 않았다.

옛날에 지어진 목조 건물은 약 십여 채 정도고, 조잡한 막사가 열 채쯤이었다. 이 정도면 일다경이 좀 더 지나면 모든 수색이 끝나리라. 하지만 그 전까지 조휘는 긴장을 풀지 않았다. 전투가 끝나고, 전장을 정리하는 그 순간이 가장 사고가 많이 난다는 걸 경험상 알기 때문이다.

그래서 정리가 확실하게 끝나기 전까지는 절대 조였던 끈을 풀지 않았다. 주변을 휙휙 돌아보는데 악! 아악! 소리가 간헐적으로 들려왔다. 공작대가 잔당을 가차 없이 사살할 때 나는 소리였다.

조휘는 끌고 오라는 소리는 안 했다. 그냥 싹 뒤지라고만 했지. 하지만 척하면 척이라고, 공작대는 괜히 귀찮고, 뭔가 위험할 만한 일은 결코 만들지 않았다. 간헐적 비명은 상당히 오랫동안 울렸다.

공작대가 정말 뒷간까지 직적 쑤셔가며 모조리 색출하고 있었고, 그 비명이 멎자 장산과 중걸이 포로들을 데리고 나왔다.

조휘는 포로의 면면을 살펴봤다.

예상했던… 대로였다.

전원… 여인.

포로는 거의 사십 명 정도였고, 나이 대는 십 대에서 삼십 전, 후반까지. 그리고 성비는 말했듯이 전원 여인.

어떤 의도였는지 너무나 눈에 잘 보였다. 그렇기 때문에 상상조차 하고 싶지 않았다. 떠올리는 것만으로도 치가 떨릴 게 분명했기 때문이다.

"후우… 시발."

그걸 아니 입에서 나오는 건 욕설밖에 없었다. 그것도 짜증이 가득 담겼고, 이해하지 못하는 포로들이 조휘의 욕설에 몸을 움찔거릴 정도로 사나운 기세가 담겨 있었다. 아무도 조휘와 눈을 마주치지 않고 고개를 푹 숙이고 있었다.

악역이 된 기분이다.

분명 이들을 구해주러 왔는데… 왜 악당이 된 기분일까.

"말을 이해하지 못하니 우리가 왜놈들과 같은 사람인 줄 알 거예요. 설령 안다고 쳐도 이런 상황이면… 혼란스러워서 제대로 생각도 하지 못할 거고요."

은여령이 조용히 조휘의 옆에서 속삭였다. 조휘는 그 말이 조휘의 표정, 기세를 좀 죽여 달라는 간적접인 말임을 알았다. 후우. 다시 한숨을 내쉬고 기세를 정리하는데, 자박자박 걸어와 조휘의 바짓단을 잡는 손길이 있었다.

눈을 뜨고 내려다보니 예전, 옥이만큼 작은 여아가 조휘의 바지를 잡고 올려다보고 있었다.

그러다가 조휘와 눈이 마주치자 작게 뭐라고 말을 거는 여아. 조휘는 무릎을 굽혀 여아와 눈을 맞췄다.

"……"

"……"

초롱초롱하지만 기운은 없는 눈빛이었다. 엄마나 아이와 관련된 사람은 없는지 포로 여인들은 모두 떨기만 했다.

여아가 또 작게 입을 열었다.

"배가 고프다고 하는군."

"……"

오현이 용케 알아듣고, 옆에서 통역을 해줬다.

꾸욱.

주먹에 저절로 힘이 들어갔다.

전쟁.

빌어먹을 전쟁.

찢어 죽일 왜놈 새끼들.

조휘는 지금 이 순간, 순수하게 자신의 의지로 전쟁을 종결시켜 버리고 싶은 마음이 들었다.

제44장
두 번째 암살 작전

그날, 잔학한 광경을 목격한 후 잔혹한 복수를 마친 조휘의 심정에 변화가 찾아왔다. 말수는 줄어들었고, 날이 바짝 섰다.

머릿속에 있는 분노 조절 장치가 고장이라도 난 것처럼 마구 흔들렸다. 그리고 이건 비단 조휘뿐만이 아니었다.

공작대 전체가 마찬가지였다. 항상 사람 좋은 미소를 짓고 있던 오현마저 굳어 있을 정도니, 굳이 말 안 해도 공작대가 어떻게 변했는지 잘 알리라. 그중 특히 여인인 은여령의 변화는 조휘와 비교해도 전혀 부족하지 않았다.

여인들은 이화에게 부탁해 강상현에게 보냈다. 재미있는 건 조휘에게 배가 고프다고 했던 여아는 마지막 순간에도 조휘와 떨어지려 하지 않았다. 여아는 본능적으로 이렇게 판단을 한 것 같았다. 조휘의 곁이 어쩌면 이 땅 위에서 가장 안전할 거라고.

하지만 틀린 판단이었다.

가장 위험한 장소였다. 언제나 죽음이 따라다니는 곳이기 때문이다.

그래서 여아는 강제로 이화에게 맡겼다. 아마 조휘가 좀 더 변한 건 그 이후일 것이다. 해맑게 웃으며 뛰놀아도 시원찮을 나이인데, 본능적으로 생존에 집착해야 하는 현실. 이 또한 타격대 초기의 조휘와 비슷했다.

본능적으로 더 안전한 곳을 찾는 것 말이다.

이후 조휘의 이동 방식이 완전 바뀌었다.

마도 진조휘가 할 일은, 암살이다.

그게 이화매가 부탁한 일이다. 하지만 조휘는 해와 달의 경계선에 섰다. 최전방에 서지는 않았지만 완전히 숨지도 않았다.

사십의 공작대를 이끌면서 남하, 상대 가능한 모든 것들을 타격했다. 특히 소수 병력과 마주치면 절대로 그냥 두지 않았다.

며칠이 걸리더라도 끈덕지게 기다렸다.

완벽하게 틈이 날 때까지. 이후는? 모조리 쓸어버렸다. 일언반구도 하지 않고 야습, 화공 등등 모든 방법을 동원해 싹 쓸어버렸다. 그렇게 조휘와 공작대가 죽인 왜놈들의 수는 못해도 오륙백은 넘어갈 것이다.

공작대는 단어 그대로, 온갖 공작을 실행하기 위해 만들어진 부대다. 특성상 당연히 어둠 속에 있는 게 옳음에도, 그렇게 하지 않았다.

빛에 설 때도 있고, 어둠에 서기도 하면서 가능한 모든 작전을 수행했다. 물론 이건 안 좋다. 부대가 노출되기 때문이다.

애초의 목표는 세 놈의 암살.

존재가 노출되면?

당연히 대비를 하게 만들어버린다. 그것 자체만으로는 좋지 않지만, 조휘도 그 정도는 알고 있었다.

어느 순간 쭉 뒤로 물러났다가, 함경도에 다시 나타났다. 이화매가 죽여 달라고 했던 인물 중 하나, 가등청정(加藤清正)의 목을 따기 위해서였다.

*　　　*　　　*

온 대지를 녹이는 작열의 시기가 서서히 물러가는 초가을. 조휘는 함경도 화대군(花臺郡) 근방에 도착했다.

여기도 북방 쪽에 맞닿아 있어 그런지 상당히 쌀쌀했다. 이제 초가을인데도 숲 속은 겨울옷을 입어야 할 정도로 추웠다.

게다가 지금 있는 곳은 해안가 근방이라 그런지 해풍도 거의 칼바람에 비교할 만했다.

"놈은?"

조휘가 묻자, 이제는 연락책을 다른 이에게 물려주고 다시 함께하기로 한 이화가 답을 했다.

"비선의 정보에 위하면, 현재 느긋하게 이 근방에서 호랑이 사냥을 즐기고 있다고 해요."

"호랑이 사냥이라……. 팔자 좋군."

"그렇죠. 팔자 좋아요, 이놈. 죽이고 싶을 정도로."

조휘의 말에 이화가 살기 가득한 어조로 대답했다. 그녀가 이러는 이유는 말 그대로 죽이고 싶어서였다.

왜군들 중 가장 잔인한 놈을 뽑으라면, 전부 주저 없이 이놈을 뽑을 것이다. 잔인한의 극을 보여주는 놈.

이놈은 정말 악마였다.

호랑이 사냥.

요 근래 놈이 즐기는 놀이였다.

하지만 이전엔?

사람 사냥을 즐겼던 놈이다. 그럼 그 사람은 어디서 충당할까? 당연히 조선인 포로다. 발에 소리 나는 사슬을 걸어 일부로 산에 풀어놓고 사냥을 즐겼던 놈. 사람의 목숨을 한낱 유희에 써먹던 놈.

강상현도 반드시 죽여 달라고 부탁한 놈이기도 했다. 가등청정. 이놈은 조휘도 예전에 들어 알고 있었다.

정말 어쩌다 알게 됐다.

하지만 만날 일은 없을 거라 생각했다. 왜냐고? 놈은 육군이고, 조휘는 당시 수군이었기 때문에 당연히 못 만날 거라 생각했다.

하지만 역시, 인생은 모르는 거다.

조휘가 여기 와서 이러고 있을 줄 누가 알았겠나.

"정확한 정보가 필요해."

어찌됐건, 조휘는 일단 아주 확실한 정보가 필요했다. 조휘에 대한 정보는 이미 왜군 전체에 퍼진 상태였다. 안 퍼질 수가 없었다. 일군에 숨어들어 그리 난리를 피웠기 때문에 왜군 전체가 조휘를 찾으려고 혈안이 되어 있었다. 실제 현상금이 걸렸고, 조선의 북쪽으로 전전하고 있는 왜군들은 더욱 조휘를 찾으려 안달하고 있었다.

그렇기 때문에 조휘는 움직이는 데 엄청 공을 들였다.

"그건 오늘 저녁에나 받기로 했습니다."

도건의 대답.

비선과의 접선은 도건이 전부 도맡고 있었다. 발이 빠르고, 하루마다 바뀌는 비선과의 접선 암호를 알고 있는 건 그가 유일했기 때문이다.

"그럼 작전은 그 정보를 받은 이후에 짜야겠군."

아직 확실치가 않았다.

일단은 비선에서 화대군에 가등청정이 올 거라고 하긴 했지만, 그건 며칠 전 정보였다. 조휘에게 당장 필요한 건 아주 확실한 정보였다.

조휘는 자리를 파하고, 밖으로 나왔다.

현재 자리 잡고 있는 곳은 저 멀리 바다가 보이는 이름 모를 산의 꼭대기다. 그 꼭대기에 형성된 작은 분지. 그 분지에 수없이 뚫려 있는 자연 동굴 중 하나에 자리를 잡았다. 일단 몸을 숨기는 데는 최적의 지형이었다.

사실 이곳은 강상현이 추천한 장소였다. 조선의 비선은 지형에 익숙하지 않았다. 하지만 강상현은 그런 비선들보다 지형지물에 대해서는 훨씬 박식했다. 아니, 정확히는 그의 의병대에 온갖 곳에서 모인 이들이 있었기 때문이다.

이화가 받아온 정보를 토대로 이곳도 찾은 것이다. 저벅저벅 소리가 들리더니, 조휘의 옆으로 가녀린 이가 와서 섰다.

은여령이었다.

"이번 작전. 위험할 것 같아요."

"뭐가?"

"모르겠어요. 감이 좋지가 않아요."

"감?"

조휘는 시선을 돌려 은여령을 바라봤다. 눈빛은 상당히 굳어 있었다. 조휘는 은여령의 특별함을 안다.

자신의 감도 특별하지만, 은여령의 감은 더욱 특별하다는 것을 안다.

"자세하게 말해 봐."

"음… 예전에 황명을 받았을 때와 비슷해요."

"황명? 서창의 함정이었던?"

"네. 그 당시 저는 곽 사형에게 얘기하지 않았어요."

"어째서?"

"제 과민 반응이라고 생각했거든요."

"그렇게 생각한 이유는?"

"황명이란 걸 다시 한 번 생각하지 못했다, 가 되겠죠. 아직은, 아직은 때가 아니라고 생각했던 것도 있었어요. 본문을 통해 온 황명이니 괜찮다고도 생각했고요."

"……"

멍청한…….

자신의 감을 알면서도 믿지 않은 것이다. 어리석다고? 아니,

그런 건 또 아니다. 감은 솔직히 누구에게나 있다. 그래서 자신의 감대로 행동하는 이들도 많다. 그럼 그게 모두 맞을까? 아니다.

틀릴 확률과 맞을 확률이 공존한다.

은여령은 단지 안도했었다.

안심했었다.

"군부를 떠났다는 사실에 너무 마음이 안일했군."

"네, 그런 것도 있었어요."

"그래, 이해했어. 흐음……."

조휘는 은여령의 말을 허투루 듣지 않았다. 누누이 말했지만 은여령은 특별한 여인이다. 조휘도 넘볼 수 없을 정도의 무력. 그 외에도 특별한 감을 가지고 있다. 조휘는 오히려 그 부분에 주목했다.

'뭔가 있다?'

그럴 수도 있다.

하지만 단정 지을 수도 없었다. 만약 은여령의 감이 틀렸다면? 절호의 기회를 놓치게 된다. 더 먼 길을 돌아가야 되는 거다. 복수까지 더욱더 멀어지는 건 조휘가 원하는 게 아니었다. 당연히 잊지 않고 있다.

지금이야 이화매가 보내주는 믿음에 보답하기 위해 작전을 뛰고 있지만, 진정 조휘가 원하는 건 딱 한 놈의 목이다.

적무영.

그 개새끼의 목.

'하지만 그렇다고 급하게 갈 건 없어. 어차피 놈은 이곳에 있다.'

적무영이 이 전쟁에 왜군 소속으로 참전한 건 이미 알고 있다. 위치도 알고 있었다. 우희다수가란 팔군 지휘관 부대에서 전쟁을 치르고 있다. 그러니 찾아가는 것이야 쉽다. 그놈을 찾는 순간은 이화매가 부탁한 세 개의 목을 떨어뜨리고 난 뒤가 될 것이다.

세 개의 목 중 하나인 소서행장의 목은 아직 붙어 있지만, 손발을 잘라놨으니 임무야 완수였다.

이제 두 번째 목인 가등청정의 목이 필요하다.

이건 건너뛸 수가 없는 거다.

그렇기 때문에 조휘는 신중했다.

신중에 신중을 기해, 완벽하게 놈의 목을 딴다.

조휘는 지금은 그것만 생각하기로 했다.

"놈들이 우리를 끌어들이기 위해 함정을 팠다."

"……."

"어때, 그 감이 말하는 게 이거랑 비슷해?"

"네."

"그래, 함정. 함정이란 말이지……."

그렇다면 생각해 볼 문제다.

비선에 문제가 있다?

아닐 것이다.

비선은 오직 정보만 보내온다. 도대체가 어떻게 운용되고, 그 비선의 수가 몇인지는 절대 파악 불가이지만, 정보의 정확도만큼은 믿을 만했다. 아니, 거의 확실했다. 그런 비선의 정보를 토대로 작전을 짜는 거다.

"경험해 봤지."

하지만 조휘도 이런 경험이 있었다. 아니, 정확하게는 이런 상황에 처했을 때 연 백호가 내리는 결정을 본 것이다. 재작년인가? 그 이전인가?

광주 총군영에서 어디서 구했는지, 완벽한 정보라며 건네주고는 타격대는 물론 수군 전체를 동원해 기습 작전을 명했다.

'그때, 연 백호는 거절했지. 죽어도 안 나간다고 버텼어. 정보가 너무 확실하다며.'

그는 너무나 완벽한 정보에 주목했다.

위치는 물론 병력 수, 무장 수준, 심지어 약탈 일정까지 전부.

상세해도 너무 상세했기 때문에 그게 역으로 들어온 정보라 의심을 했고, 연 백호는 가문의 이름까지 들먹이며 작전 수행을 거부했다.

결과는?

연 백호가 옳았다.

뢰주부터 광동성까지, 모든 수군이 출동했지만 허탕을 쳤고, 역으로 얻어맞는 결과를 초래했다.

당시 본진까지 털릴 뻔했다고 들었다.

조휘는 이번 정보가 어쩌면, 그런 함정일 수도 있겠다고 생각했다. 도건은 이미 떠났다. 그가 이제 가져올 정보를 보면, 보다 확실하게 판단을 할 수 있을 것 같았다.

서산을 보니 해가 걸쳐져 꼴깍꼴깍 넘어가고 있었다. 이제 반시진 정도만 지나면 세상에 어둠이 깔릴 것이다. 해가 떨어지자 저녁 준비를 시작하는 공작대.

도건은 저녁 준비가 다 됐을 때쯤 돌아왔다. 그가 건넨 정보를 받은 조휘는 빠르게 내용을 훑었다.

간략한 단어들이지만 확실한 내용을 담고 있었다.

사흘.

남대천.

하류, 산.

호(虎), 사냥.

호위.

일백.

총병 사십, 보병 육십.

개인 호위 십.

실제 이렇게 적혀 있었고, 조휘는 다 읽은 뒤 오현에게 서신을 건넨 뒤 혀로 입술을 한 차례 훑었다.

역시, 이번에도 정확했다. 너무나 정확했기 때문에 조휘는 은 여령의 감까지 더해, 의심이 폭발적으로 올라와 뇌를 장악해 갔다.

함정이다.

이건 함정이야.

가면 안 돼.

가면 죽는다고.

조휘는 불쑥 시선을 들어 은여령을 바라봤다.

"……"

"……"

은여령도 조휘를 보고 있었다. 조휘는 자신을 바라보는 은여령의 눈빛을 보며, 그녀가 하고픈 말이 뭔지 알 수 있었다.

안 돼요.

조휘는 고개를 끄덕였다.

하지만 역시 확인 과정은 필요했다.

그래야 은여령의 감이 맞았는지, 자신의 판단이 옳았는지를 알 수 있을 테니 말이다. 그래서 조휘는 정보대로 삼 일 뒤 은여령, 이화, 도건, 위지룡만 이끌고 남대천이란 곳으로 조용히 들어섰다.

사냥터는 하류의 산.

하류로 내려가자 산은 딱 하나밖에 없었다. 늦은 밤에 산에 도착해 하루를 쉬고, 사흘째는 산 위로 올라가 잠복했다.

비선이 전해준 정보가 정확하다면 가등청정의 호랑이 사냥은 오늘이고, 늦어도 정오가 되기 전엔 산 아래 모습을 내보일 거다.

정오쯤 되자 정보대로 산 아래 일단의 무리가 나타났다. 처음 보인 건 선두의 무장이 들고 있는 깃발이었다.

검은색 원 안에 하얀색 작은 원이 들어간 깃발.

가등청정 군을 상징하는 군기(軍旗)다.

정보는 정확했다.

잠깐 주변을 정찰하는가 싶더니, 이내 산을 타기 시작하는 가등청정.

조휘는 놈이 누군지 바로 알 수 있었다.

듣기로는 신장이 굉장히 작다고 했다. 게다가 그 신장에 대한 열등감 때문에 특이한 투구를 쓴다고 했는데, 선두에 있는 놈이 딱 그랬다.

"저놈 맞는 것 같지?"

"네."

들키지 않기 위해 상당히 거리를 뒀기에 전체적으로의 파악은 불가능했다. 그래서 옆으로 물어보니 전부 맞는 것 같다는 소리를 했다. 조휘는 몸을 웅크리고 놈들의 동선을 따라 같이 움직였다.

조휘는 멀리서 확인만 했다.

뭔가 이상한 건 없는지, 혹시 매복 병력을 준비했는지 착실하게 파악하며 올라갔다.

그러다 어느 순간, 은여령이 조휘를 툭툭 쳤다.

"왜?"

"좀 더 가까이 다가가 보고 싶어요."

"알았어."

지금의 거리도 도주하기에 충분하다. 여기서 좀 더 다가간다고 크게 위험해지지는 않는다. 조휘와 은여령은 조금씩 거리를 좁혔다. 은여령이 가까이 가고자 하는 이유는 딱 하나였다.

뭘까.

대체 뭐가 그녀의 감을 자극했을까?

그녀는 이제 스스로의 감을 절대 무시하지 않는다. 전에 조휘가 소서행장의 군세에 들어갔을 때도 말리지 않았음을 후회하고, 그를 구출하기 위해 스스로 검을 든 귀신이 되지 않았던가.

더 가까이 다가가자 은여령은 알 수 있었다.

"저자들, 그냥 병사가 아니에요."

"뭐?"

"알 수 있어요. 진 대주도 더 가까이 가면 알 수 있을 거예요. 저자들, 무사 계급이 다수 섞여 있어요."

"……"

아아, 그런가.

조휘는 다시 놈들을 살펴봤다.

이번엔 가등청정 말고, 개인 호위와 병사들을 봤다. 확실히, 제대로 느껴지진 않지만 뭔가 걸리는 것들이 있었다.

일단 걸음걸이.

주변을 살필 때 나오는 여유.

총, 근접 무기 말고 등에 하나씩 더 챙긴 왜도.

"왜도를 챙긴 놈들은 전부 무사군. 걸음걸이에 나오는 여유까지. 전부 달라."

"그런 것 같아요."

"수는 대략……"

"스물 정도 되는 것 같아요. 특히 가등청정 옆에 있는 자는 못해도 청각 계급 같아요."

"그렇군."

은여령의 감은 맞았다.

이건 역으로 정보를 줘 함정으로 끌어들인 거였다. 만약 기습을 했다면? 장담한다. 가등청정의 목은 둘째 치고, 어마어마한 피해를 봤을 것이다. 적각무사가 무려 이십이다. 이놈들만 해도 재앙인데, 청각이 하나 있는 것 같다고? 거기다가 다수의 총병, 보병이 있었다. 이건 절대 공작대로 상대 가능한 전력이 아니었다.

"이번만큼은 당신의 감에 정말 감사해야겠어."

"……."

은여령이 감을 얘기하며 조휘의 의심을 건드리지 않았다면, 조휘는 어쩌면 그대로 들이박았을 것이다.

저번에 잔뜩 보충한 진천뢰를 던진 다음 홍뢰로 마구 쑤시고, 그다음 근접전. 전투는 그렇게 흘러갔을 것이다.

하지만 적각무사는 진천뢰로 잡기 힘들다. 이놈들은 특별하다. 한 놈 한 놈이 공작대 조장들을 제압할 능력이 있었다. 안 그러면 애초에 무사 계급에 들지도 못하니 말이다.

홍뢰?

못 맞힐 거다.

아마 뭔가를 감지하는 순간 사방으로 흩어져 피한 다음, 바로 반격에 나설 것이다. 그래, 반격. 이 부분이 문제였다.

이 반격에 아마, 작게 잡아도 공작대 절반은 잡혔을 것이다. 아무리 수준이 높아도 공작대원 하나하나가 무사 계급은 상대할 수 없으니 말이다.

은여령 아니었으면 여기서 매장당할 뻔했다.

"돌아가자."

"네."

확인도 했으니 굳이 이곳에 있을 이유가 없었다. 조휘는 살금살금 몸을 돌렸다. 그리고 후다닥, 빠르게 그 장소에서 이탈해 위지룡, 악도건, 이화가 있는 곳으로 갔다.

"대주, 정말 함정이었습니까?"

악도건의 질문.

"그래, 최소 적각 스물에 청각 하나."

"아… 들어갔으면 지랄 날 뻔했네요."

"그 정도로 안 끝나지. 대화는 나중에. 일단 빠지자."

대답은 없었다.

조휘는 그렇게 가등청정의 목을 이번엔 포기했다. 하지만 다음은 아닐 거다. 다시 한 번 이런 식으로 함정을 판다면?

그걸 제대로 역이용해서 놈의 목을 분리시켜 버릴 것이다. 그럴 능력이 조휘에게는 충분히 있었다.

*   *   *

"안 나타났다고?"

"네."

"흠, 그대가 그러지 않았나? 놈들이 네 목을 노리러 올 것이라고."

"그렇게 생각했는데, 걸렸나 봅니다. 하하."

길주군(吉州郡), 길주 평야에는 조선 침략군 이군이 현재 주둔

중이었다. 그리고 그곳의 중앙에는 당연히 최고 지휘관인 가등청정이 있었다.

가등청정의 앞에는 수려하게 생긴 사내가 서 있었다. 둘의 대화는 재미있었다.

"그대의 노림수가 걸린 건가?"

"아마 그렇게 생각해야겠지요. 어떤 자인지는 모르겠지만 상당히 감이 좋은 것 같습니다. 그 고생해서 정보를 흘렸는데. 노력이 수포로 돌아가니 이거 참, 아쉬운 마음을 금치 못하겠군요."

"알지. 흐흐, 그것 때문에 나도 꽤나 신경 썼는데 말이야."

"죄송하게 됐습니다."

"아니, 아니야. 그대가 우회다수가 그놈을 떠나 내 곁으로 와준 것만으로도 나는 충분하거든."

그 말을 끝으로 가등청정은 흐흐, 하고 웃었다. 그러자 그의 눈앞에 있던 사내도 같이 후후, 하고 웃었다.

"그래서 무영, 그놈은 포기할 건가?"

"설마 그럴 리가요."

이름이 나왔다.

무영.

조휘가 이 대화를 들었을 때의 반응이 보였다. 환희, 그 속에 살심이 짙게 섞여 부르르 떠는 모습.

적무영.

그놈이었다.

어떻게 놈이 이곳에 있는지는 중요하지 않았다.

이곳에 있다는 게 중요했다.

"그럼, 이제는 어떻게 할 건가? 나는 소서행장 그놈을 물 먹였다는 그 중원인이 꼭 보고 싶거든. 그리고 잡아다가 소서행장의 앞에 던져주고, 한번 웃어주고 싶단 말이야. 흐흐."

가등청정의 목적도 나왔다.

소서행장, 가등청정.

둘 다 풍신수길의 밑에 있는 건 맞지만, 둘의 사이는 견원지간이란 단어로도 설명이 불가능했다. 한 주군을 모시지 않았다면, 지금이 전쟁 중이 아니라면 분명 서로 치고받고, 둘 중 누구 하나 죽을 때까지 싸웠을 것이다.

그런 사이인데 놈을 물 먹였다는 중원인이 있다는 소식을 들었다. 그래서 그때부터 팔군 지휘관 우희다수가에게 전령을 보냈다.

현재 조선으로 넘어온 흑각 중 가장 높은 계급인 이각의 무사를 달라고. 대신 거래 조건으로 자신의 영지 중 삼분지 일을 걸었다.

우희다수가는 넘어왔고, 눈앞의 사내, 적무영은 이군으로 자리를 옮겼다. 그의 휘하에 있던 스물의 적각, 셋의 청각무사도 같이.

남는 장사였다.

무력의 중요성을 아는 가등청정이기에 가능한 거래였다. 물론 흑각 계급의 무사는 거래 대상이 아니다.

가등청정은 그 이후 무영에게도 서신을 보냈다. 와달라고. 원하는 건 전부 들어준다고. 무영이 원한 건 하나였다.

피의 유희.

가등청정은 무영을 바라봤다.

'그렇게 피에 미친 놈 같지는 않은데… 신기하단 말이야. 나랑 같은 부류라는 게……'

그가 원하는 것, 들어줄 수 있었다.

제물이야 이 땅 위에 넘치게 있으니까.

"그대에게 기대가 커."

"조용히 다시 생각해서 놈을 엮어 보겠습니다. 시일이 좀 걸릴 테니 차분하게 기다려주십시오. 하하."

"후후, 알겠네."

아, 가등청정이 적무영을 원한 이유는 또 있다. 모든 흑각 중 눈앞의 적무영이 계략에 아주 능하다는 걸 알고 있었기 때문이다.

무력도 무력이지만, 머리를 기가 막히게 잘 쓴다는 걸 알기 때문에 그를 원한 거다.

들어보니 소서행장과 연계를 한다는 흑각도 머리는 좀 쓰는데, 아주 제대로 실패했다고 들었다.

제 머리를 믿다가 뒤통수를 아주 제대로 맞았다던가?

그래서 필요했던 거다.

보다 확실한 군사가.

가등청정은 자신의 부족함을 잘 알았다.

그는 몸을 쓰는 쪽에는 재능이 있지만, 머리 쓰는 쪽엔 재능이 별로 없었다.

'이제… 조선을 모조리 점령하고 이곳의 영주가 되면…… 흐

흐흐.'

현재 조선에서의 전쟁에서 가장 큰 전공을 올린 건 자신과 소서행장 둘이다. 이곳의 영주가 되는 건 아마 둘 중 하나인데, 이번에 소서행장이 제대로 물 먹었으니 아마 자신이 될 거라 생각했다. 그러니 본국에 있는 자신의 영지를 우회다수가에게 거래로 써버린 것이다. 이곳, 조선의 영주가 되기 위해.

영주라, 생각만 해도 즐겁다.

그리고 그 생각을 현실로 이루어줄 자가 바로 눈앞의 사내, 적무영이 될 거라 가등청정은 믿어 의심치 않았다.

하지만 만약 실패하면?

'흐흐, 그에 대한 책임은… 당연히 져야겠지. 흐흐흐.'

드르륵.

"그럼 저는 이만 일어나보겠습니다."

"오오, 그래, 가보게."

"편히 쉬십시오. 근 시일 내에 다시 찾아뵙겠습니다."

"알겠네. 아, 제물들은 자네 숙소에 준비시켰네."

"그거… 고맙군요."

휘장을 걷고 사라지는 적무영.

가등청정은 그런 그의 등을 한참을 바라보다가, 한쪽 휘장을 걷었다. 휘장을 걷자 우리가 있었고, 우리 안에는…….

이 새끼도 개새끼였다.

*   *   *

시종일관 미소를 유지하던 적무영의 미소가 막사를 벗어나는 순간 사라졌다. 대신 얼굴에 자리 잡은 건 예전에 조휘와 만났던 날, 배 아래에서 여인들을 고문하던 그때의 표정이었다.

"더러운 새끼가."

놈의 생각.

적무영은 전부 알고 있었다.

머리도 못 쓰는 놈이 머리 쓰는 놈 앞에서 머리를 굴린 것이다. 따라서 그냥 미친 짓을 하고 있었다.

놈은 착각을 하고 있었다.

자신이 거래에 응한 것뿐인데, 그게 주종 관계라는 맺은 거라는 착각을 하고 있었다. 적무영이 이곳에 온 이유는 딱 하나였다.

여기가 더 재미있으니까.

진중한 우희다수가보다 여기가 좀 더 자신의 성향에, 자신이 생각해도 미친 자신의 사고방식에 아주 잘 맞았기 때문이다. 이유는 그게 전부였다.

적무영은 어느새 옆으로 따라붙은 죽립 사내에게 시선도 주지 않은 채 말했다.

"어떤 놈들인지 파악했어요?"

"아직입니다."

"소형 진천뢰. 그걸 쓰는 건 딱 한 군데 아닌가요? 우리가 겪기로는."

"네, 오홍련이 의심됩니다."

서리가 뚝뚝 떨어지는 대답이다, 진짜. 뭐 이리 감정 없는 답이 있는지.

다른 사람들이었다면 극히 불쾌했겠지만 적무영은 익숙했다. 그리고 대수롭게 생각하지도 않았다. 뭐, 어떤가. 자신도 정상이 아님을 아는데.

"그때 봤던 그들이 아닐까 생각하는데."

"확인하고 있습니다."

"흠, 그놈들이었으면 좋겠는데. 아, 맞다. 아버지와 총관을 죽인 자가 누군지는 파악됐나요?"

"그것도 아직입니다."

"빨리 알아봐 주세요. 그래도 낳아준 아비인데, 복수는 해줘야지."

"네."

그래도 낳아준 아비라니……. 말하는 게 진짜, 적무영은 확실하게 미친놈이었다.

어느새 막사에 도착했다. 죽립 사내는 스르륵, 어둠에 묻혀 사라지고, 적무영은 익숙하게 휘장을 걷고 안으로 들어갔다. 그리고 들어서는 순간, 그는 웃었다.

발성 기관이 모조리 막힌 포로들을 보면서.

포로 하나에게 다가간 적무영이 귀에 대고 속삭였다.

"살 수 있는 방법을 알려줄게……."

포로는 그걸 알아듣는 순간, 기절했다.

악마.

적무영 이 새끼는… 인간이 아니었다.

악마였다.

제45장
영웅의 대지

조휘의 움직임은 그 이후 극히 조심스러워졌다. 어떤 놈인지 모르겠지만, 비선의 정보에 함정을 섞어 보낸다는 걸 확인했기 때문이다. 그래서 비선의 정보는 받되, 그걸 십 할 신뢰하지는 않기로 했다.

비선의 오염.

물론 이건 비선의 잘못은 아닐 거라고 생각했다. 어떤 놈인지 모르겠지만 아주 제대로 오염된 정보를 흘렸고, 그걸 비선은 알아채지 못한 것뿐이다. 그래서 조휘는 비선을 탓하진 않았지만, 대신 이전에 주던 신뢰를 반 이상 줄였다.

장소도 옮기기로 했다.

화대군에서 단천성으로.

중원의 기준으로는 성 하나를 이동하는 거지만, 실제로는 화대군과 단천시가 거의 근접해 있기 때문에 그리 오래 걸리지는 않았다. 이화의 길잡이를 바탕으로 경계선을 넘은 조휘는 단천성 근방으로 들어섰다.

조휘가 알기로는, 함경도에서 가등청정에게 아직까지 함락당하지 않은 몇 개 안 되는 성 중 하나였다.

군데군데 움푹 파이고, 무너져가는 성이 저 멀리 보였다. 공성전의 흔적이었다. 몇 번 공략하다 포기했는지 단천성을 둘러싼 왜군은 없었다.

"들어갈 겁니까?"

"그래야지. 식량도 다 떨어졌고. 여기서 보충 안 하면 앞으로 움직이기 힘들어."

"네, 준비하겠습니다."

위지룡의 질문에 짧게 답해준 조휘는 주변을 살폈다. 현재 가등청정 군은 길주군에 있다고 했다. 거기서 아직까지 함락시키지 못한 성 중 하나를 고르고 진격할 거라고는 하는데, 그 성이 어디인지는 아직까지 파악할 수 없었다.

조휘는 놈이 움직이기 전에 보급을 받고, 다시 움직일 생각이었다. 굳이 단천성까지 온 이유는 가장 가까웠고, 그나마 함락당하지 않은 성이기 때문이었다. 어차피 작은 곳은 가봐야 전란의 불길이 모조리 쓸고 갔을 것이니 식량은 구하지도 못한다. 그래서 며칠을 움직여 이곳까지 왔다.

준비가 끝나자 조휘는 이번에도 소수만 이끌고 단천성으로 다가갔다. 굳게 닫힌 문 앞에 위병이 사나운 얼굴로 창을 들고 서 있는 게 보였다. 게다가 성벽 위에서도 소수의 궁병이 활에 화살을 먹이고 조휘와 일행을 겨눴다.

허튼짓을 하는 순간 바로 화살꼬치로 만들어버리겠다는 뜻. 하지만 이건 당연한 반응이라 생각했다.

그럼 대체 어떻게 들어갈 수 있을까?

조휘는 이화를 믿었다.

그녀가 자신만만하게 들어갈 수 있다고 해서 단천성까지 이동한 것이다. 앞으로 나선 이화가 품에서 작고 동그란 패를 세 개나 꺼냈다. 각각 나무, 쇠, 청동으로 만들어진 패였다. 그 패를 본 위병이 바로 안에 기별을 넣었고, 조선군 특유의 두석린갑(豆錫鱗甲)을 갖춰 입은 무장이 일단의 병사를 이끌고 나왔다.

피로가 겹겹이 달라붙은 것처럼 보였지만, 눈빛만큼은 타오르고 있었다. 볼을 타고 내려온 한 줄기의 검상은 무장의 패기를 한층 돋보이게 했다.

그는 이화와 잠시 얘기를 나누더니 조선 방식의 읍과 함께 위병들과 궁병들에게 무기를 치우라는 명령을 내렸다. 문이 열리는 동안 이화가 다가왔다.

"들어가요."

"아는 사람인가?"

"아니요. 아는 사람은 아니고요. 이것 때문에 그래요."

이화는 청동패를 꺼냈다. 태극의 문양을 본뜬 청동패. 이화는 걸음을 떼며 말했다.

"저희 도문의 표식이에요. 저희 도문은 본문을 제외하고 분파가 몇 곳 있는데, 그곳에서 적지 않은 무관들을 배출했어요. 다행히 저분도 저희 분파에서 잠시 배웠던 것 같아요."

"아아."

중원으로 따지면 문파나, 무관의 개념과 비슷했다. 조선의 무관 제도에 대한 지식이 없는지라 조휘는 그냥 고개를 끄덕여 수긍했다.

육중한 소리를 내며 성문이 열렸다. 무장의 안내를 받아 성안으로 들어섰다. 명의 성내와는 확연히 다른 내부였다. 비슷하지만, 확실하게 다른 성내.

조휘는 그곳에 잠깐 시선을 주었다가 뗐다. 유람을 나온 게아니었다. 지금은 보급만 빨리 받고, 최대한 빨리 가등청정의 목을 따러 가야 할 때였다.

성의 중앙까지 안내하기에 이화를 다시 보니, 그녀는 여전히딱딱한 목소리로 '성주를 만나러 갈 거예요.' 하고 알아서 답을해줬다.

"하긴, 지금 이 상황에 시전이 열렸을 리가 없지요."

그 말에 위지룡이 조휘보다 먼저 고개를 주억거리며 수긍했다. 조휘도 그럴 거라 생각했다. 전쟁 중에 시전이라, 말도 안 되는 소리다. 이런 특수한 상황이면 성내의 모든 자원은 군에 귀속되기 마련이기 때문이다. 거기다가 공성전이다. 성의 자원을 최대한 아껴야 하는 상황. 당연히 식량도 배급제로 바뀌었을 것이다.

조휘는 초라해 보일 지경의 성주의 관내로 들어섰다. 자원으로 쓰기 위해 모조리 뜯어낸 외관이 인상적이었다.

직통으로 성주까지 안내되는 걸 보고 조휘는 이화가 배웠다는 도문이 생각보다 힘이 세다는 걸 알 수 있었다. 그게 아니라면 이런 상황이 가능할 리가 없었다. 이화는 조휘가 생각했던 것보다 조선에서 영향력이 셌다.

드르륵.

문이 열리자 안에 사람들이 보였다.

가장 상석에 장년의 사내가 앉아 있었고, 그 앞에는 좌우로 다시 중년 사내와 청년이, 그 밑에 여인이 한 명 앉아 있었다. 조휘는 젊은 청년에게 잠깐 시선을 주었다가 거뒀다.

이화가 들어서자 성주가 일어났다.

서로 가볍게 인사를 하더니, 자리에 앉으라고 손짓으로 권유를 했다. 조휘는 이화의 옆에 앉았다.

"이성택이오."

음?

알아들을 수 있는 단어였다.

조휘가 눈을 잠깐 반짝이자, 이화가 조용히 설명을 했다.

"조선 북쪽의 무관, 문관들은 거의 다 한어를 할 줄 알아요. 북방 방언이 많이 섞여 있지만 충분히 의사소통은 가능할 거예요."

"그렇군."

조휘는 이화의 말에 대답해 주고는 상석을 향해 아까 봤던 대로 읍을 하며 자신을 소개했다.

"진조휘입니다."

성주의 인사처럼 가볍게 자신만 소개하는 조휘. 이후 이화가 위지룡과 도건, 그리고 은여령을 소개했다.

"얘기는 많이 들었소. 만나서 반갑소이다."

기본적인 예의는 지키나, 딱 거기까지인 인사였다. 그리고 조휘는 자신의 얘기를 들었다는 부분에 주목했다.

"제 얘기라, 어디서 들으셨는지?"

"강 도사에게 들었소."

"아아……."

"그가 함경도, 평안도 전체에 서신을 돌렸소. 자신의 사매와 함께 다니는 인물들에게는 전폭적인 협조를 해주라고."

"고마운 일이군요."

"허허, 이 먼 곳에 와서 도움을 주는 분들이니, 이, 이 모(李某)도 성심껏 돕도록 하겠소."

장년의 사내, 성주 이성택은 굉장히 차분한 인상이었다. 또한 눈가에 주름이 자글자글했지만 눈빛에 담긴 정기는 정말 깨끗했다. 절로 마음이 차분해지는, 그런 분위기도 가지고 있었다.

그런 이성택이 한 사람을 가리키며 소개를 했다.

"이 친구도 강 도사 그 친구처럼 의병대를 이끌고 있다오."

조휘의 시선이 이성택이 가리킨 사람에게 옮겨갔다.

"소생, 정문부라 합니다."

가벼운 인사가 들렸다.

정문부라 불린 이 또한 능숙한 한어를 구사했다. 물론 이성택처럼 북방의 방언이 섞인 한어지만 알아듣는 데 아무런 문제도 없었다. 온갖 군상이 모이는 타격대인 만큼, 조휘는 웬만한 방언이 섞인 한어는 전부 알아들었다.

"진조휘입니다."

조휘는 인사를 하고 정문부라 불린 청년을 다시 보았다.

나이는 조휘 본인보다 어려 보였다. 하지만 느껴지는 기세는… 대단했다. 조휘는 찌릿한 감각이 전신을 휘감는 걸 느꼈다.

맑고, 강직한 기세가 담긴 눈빛이 특히 인상적인 청년.

"어린 친구지만, 일군을 이끌 능력이 충분하다오."

이성택이 재차 설명했고, 조휘는 고개를 끄덕였다. 단순하게 느껴지는 기세만 봐도 충분히 그럴 역량이 있을 것 같았다.

단순히 느껴지는 기세가 정말 발군이었다.

'대단한데?'

공작대원들은 물론 조장들도 상대가 안 될 것 같았다. 철권 오현은? 역시 마찬가지다. 그럼 자신은? 모르겠다. 승부를 점쳐 봐도 답이 안 나왔다. 조휘는 자신의 실력에 의문을 품지 않았다.

무력에 대한 자신감은 분명히 가지고 있다.

자만심이 아니라 자신감이다.

그런데도 조휘는 저 정문부라는 사람에게 이길 수 있다고 확답할 수 없었다. 굵은 심지가 박힌 것 같은 눈빛이 조휘를 직시하고 있었다. 조휘도 그 시선을 피하지 않았다.

"……."

"……."

잠시간 서로가 시선을 마주치자, 이성택이 손뼉을 쳐 이목을 끌었다. 원한대로 이목이 달려들자 허허, 하고 웃고는 이화를 향해 물었다.

"그래, 태극도문의 제자가 여기까지는 무슨 일 때문에 오셨소?"

태극도문(太極道門).

이화가 적을 둔 도문의 이름이다. 이마에 두른 띠가 태극의 형상인데, 문의 이름도 역시 태극이었다.

"식량과 정보를 좀 얻을 수 있을까 해서 왔어요."

"정보야 알고 있는 건 전부 알려줄 수 있소. 하지만 식량은… 음."

"많이 부족한가요?"

"한참 논밭을 돌봐야 할 시기에 전쟁이 일어나지 않았소. 일을 하지 못했으니 농작물이 제대로 자라질 못했다오. 물론 비축해 둔 게 있으니 한동안 버틸 수 있지만, 피난민과 의용병의 지원을 생각하면 넉넉한 형편은 아니라오."

"아… 저희는 얼마 되지 않아요."

"총원이 얼마나 되오?"

이성택의 마지막 질문은 조휘를 향했다. 이화의 시선도 조휘에게 넘어왔다. 사실 이성택은 물론 자리에 있던 모든 이들이 알고 있었다. 일행의 우두머리는 이화가 아닌 조휘라는 사실을.

"여기 있는 인원까지 합쳐 딱 사십오 인입니다."

"음… 그럼 며칠 치가 필요하오?"

"되도록 많이 받을 수 있으면 좋겠지만, 여유롭지 않으니 일주일 치만 받아도 감사하겠습니다."

"그 정도는 내드릴 수 있겠소."

이성택은 고개를 끄덕였다. 그러더니 바로 수하를 불러 식량을 준비하라 전했다. 빠른 일 처리였다.

"그럼 정보는 무엇이오?"

이번에도 이화는 조휘를 봤다.

대화의 주도권을 조휘에게 아예 넘긴 것이다. 이화를 향해 작게 고개를 끄덕인 조휘는 이성택을 똑바로 바라본 채 입을 다시 열었다.

"현재 저희 정보 세력에 문제가 생긴 상태입니다. 그래서 가능하다면 조선군의 정보를 실시간으로 얻고 싶습니다."

"음……."

이번 질문에 이성택은 바로 답을 주지 않고 고민에 잠겼다. 하긴, 그럴 만도 하다. 우수한 지휘관일수록 정보의 중요성을 잘 안다. 정보에 따라서 전쟁의 승패가 좌우되는 것도 안다.

그런데 그 정보를 달라고 하니, 고민이 안 될 리가 없었다. 조휘라도 고민했을 거다. 이화매도 그랬을 거고.

"곤란한 부탁이군요."

자기소개만 하고 조용히 있던 정문부가 말했다. 또렷한 정기가 박혀 있는 시선이 조휘를 똑바로 바라보고 있었다.

"알고는 있습니다만, 무리한 부탁은 아니라고 생각합니다."

"무리한 부탁이 아니라……. 그리 생각하는 이유를 알 수 있겠습니까?"

이제는 절제미까지 보이기 시작했다.

정문부의 말에 조휘가 이성택을 보자, 노린 건지, 아니면 우연인지 이성택이 작게 고개를 끄덕이는 게 보였다.

'그래, 목마른 놈이 우물을 파야지.'

구구절절, 이유를 말해달라면 말해준다.

가등청정, 그 새끼 목을 따고 적무영에게 갈 수 있다면.

생각을 정리한 조휘가 다시 입을 열었다.

"그 정보로 저희가 행할 일이 조선에 큰 도움이 될 것이기 때문입니다."

"도움이라, 어떤 일을 하실 생각이기에?"

"암살입니다."

"암살…… 죄송합니다, 계속 되물어서. 하지만 마지막으로 한 번 더 묻겠습니다. 암살의 대상은 누굽니까?"

스무고개도 아니고 이게 무슨.

하지만 조휘는 질문에 답해줬다.

"가등청정."

"……"

"……"

정문부는 물론 이성택과 조선인 모두의 눈에 놀람이 깃들었다.

장내에 서늘하고, 들끓는 묘한 정적이 감돌기 시작했다. 처음 놀랐던 눈빛은 어느새 사라지고, 강렬함이 자리 잡기 시작했다.

이성택은 그 나이에 맞는 차분함이 돋보였고, 정문부라는 사내의 눈에는 예전 강상현에게서 보았던 것과 비슷한 타오르는 불길이 보였다.

"가등청정, 그 마귀를 처단할 생각입니까?"

"네, 애초에 저희가 이곳에 온 이유는 삼인에 대한 암살 때문입니다."

"삼인. 누구누구인지 들을 수 있겠습니까? 아, 죄송합니다. 그만하겠다고 했는데."

"……."

조휘는 고개를 저었다.

사실 조휘는 묻는 말에 계속 대답해 주는 친절한 성격이 아니지만, 지금 당장 아쉬운 건 본인이니 어쩔 수 없었다.

기분이 나쁘다고, 제 성질대로 행동했다면 지금의 조휘는 존재할 수 없었을 것이다.

"괜찮습니다. 아쉬운 쪽은 이쪽이니 궁금한 게 있으면 물어보십시오."

"……."

조휘의 말에 정문부가 이성택을 바라보았다. 알아챈 것이다. 궁금한 건 다 말해줄 테니 정보를 달라는 걸 돌려 말했음을. 그래서 자신보다 지위가 높은 이성택을 본 것이다.

이성택은 정문부의 시선을 받고 고개를 끄덕였다.

물어보라는 뜻. 그건…

네가 원하는 걸 저 사내에게서 다 받아내라는 뜻.

그리고 그 대가는 자신이 치르겠다는 뜻.

이 모든 게 담겨 있는 끄덕거림이었다.

정문부가 다시 조휘를 바라봤다.

"진… 공(公)의 암살 대상을 알 수 있겠습니까?"

"소서행장, 가등청정, 그리고 부교로 참전한 석전삼성. 이 셋입니다."

"음… 왜의 실권을 잡고 있는 자들이군요."

"네."

조휘는 솔직하게 표적 셋을 말했다.

물론 적무영은 뺐다.

그놈은 개인적인 원한이 있었다. 그러니 굳이 대답해 줄 필요가 없었다.

"그럼 진 공은 왜 셋의 목이 필요한 겁니까?"

"죄송합니다. 그건 제 상관의 뜻인지라, 저는 잘 모르겠습니다."

조휘는 거짓말을 했다.

셋의 목이 필요한 이유, 그건 곧 왜의 전선에 혼란을 줌으로써 조선이 좀 더 왜를 상대하기 수월하게 만들기 위함이었다. 알고 있으면서도 낯빛 하나 바꾸지 않고 시치미를 뗐다. 이화매를 팔아먹으면서 말이다.

'알아차렸을까?'

조휘는 거짓말을 해서인지 긴장했다.

이 사내도 그렇고, 이성택 저 사람도 그렇고 만만치 않았다. 몇 번이나 왜의 공세를 버텨냈을 정도로 실력이 있는 이가 이성택이었고, 아직 이립도 안 된 나이에 벌써 의용병을 조직해 이끌고 있는 게 정문부였다.

그러니 사고의 깊이가 남다를 거라 생각됐다.

"상관이라면… 오홍련의 이화매 제독입니까?"

"네."

"음……."

정문부가 생각에 잠기자 이성택도 덩달아 골몰히 생각에 잠겼다. 이화매에게 셋의 목이 필요한 이유를 생각해내기 위해서일 것이다.

　조휘는 내색하지 않았지만 심장이 쿵, 쿵쿵, 쿵쿵쿵, 점차 빠르게 뛰기 시작했다.

　만약 저 둘이 알아차린다면?

　아마 그다지 곱게는 보지 않을 것이다. 결국 조선의 전쟁 자체를 장기전으로 흘러가게끔 하여 이득을 보겠다는 뜻이니까.

　이화매는 이 작전을 계책하며, 스스로 모든 것을 짊어지겠다고 했다. 그랬던 만큼 이건 도의를 멀찌감치 벗어난 짓이었다.

　"오홍련의 총 제독이 뭘 원하는지 알겠는가?"

　이성택이 먼저 말문을 열어 정문부에게 물었다. 그 질문에 이미 눈을 뜨고 있던 정문부가 바로 대답을 했다.

　"예."

　"허허, 많이 성장했구나."

　"아닙니다. 그보다……."

　"됐다."

　이성택은 손을 들어 정문부의 말을 막았다. 그리고 전과는 확연히 달라진 눈빛으로 조휘를 바라봤다.

　조휘는 그 눈빛에 저 두 사람 다 이화매의 의도를 제대로 파악했음을 알 수 있었다.

　'하긴, 나도 알아차렸는데.'

　솔직히 생각해 보면 그다지 어려운 것도 아니었다.

　"그대의 상관께서 아주 괘씸한 생각을 했구려."

"……."

조휘는 대답 대신 고개만 살짝 숙였다. 이미 걸린 마당이다. 발뺌하기에는 시기를 놓쳤다. 변명을 하면 정보가 날아갈 것을 알고 있기에 지금은 침묵이 답이었다.

"그리고 그대도 알고 있었고."

"……."

이번에도 고개만 살짝 숙였다.

자신이 알고 있었다는 걸, 거짓말을 했다는 것 또한 변명하지 않고 인정했다. 차라리 깔끔하게 다 털어놓고 갈 생각이었다.

물론 믿는 구석은 있었다.

"하지만… 그 괘씸한 생각과 실행에 우린 이미 큰 도움을 얻었구려."

"……."

바로 이 부분이다.

이화매의 이기적인 마음에서 나온 작전과 그걸 실행한 조휘 때문에 조선은 이미 도움을 얻었다. 소서행장의 팔다리를 모조리 쳐냈고, 조휘가 탈주에 성공하고 며칠 뒤 강상현과 대사가 소서행장의 부대를 급습해 대승을 거뒀다. 살아 도망친 소서행장은 그 뒤로도 밀리고 밀려, 현재 평양성까지 후퇴한 상태였다.

그 과정에서 조휘의 공은?

컸다.

정말 컸다.

그걸 이성택도 알고, 정문부도 알고 있기에 길길이 날뛰지 않고 노기(怒氣)만 보이고 있는 것이다. 그리고 이 부분이 조휘가 믿고 있는 것이었다.

"허허, 그래. 도움을 얻었으면… 우리도 도움을 줘야지."

이성택이 힘없이 중얼거리자, 정문부의 몸이 바로 들썩였다.

"하지만……."

"그만하게. 비록 의도는 좋지 않으나, 그 좋지 않은 의도 때문에 우리는 처음으로 소서행장의 군을 대파하고 평양성까지 몰아넣지 않았나. 그 과정에서 저기 진 공이 절대적인 역할을 했어. 소서행장의 팔다리를 모조리 자르고, 혼란을 일으켜 강 도사의 승리가 수월했던 거야. 개인적으로 받은 대사, 그 친구의 서신에도 그리 적혀 있었네. 진 공이 아니었다면 힘들었을 거라고."

"……."

이성택.

그는 인정할 건 인정하는 무장이었다.

괜한 옹고집도 없는, 현재, 그리고 미래를 생각하는 참(眞) 무장(武將). 오직 나라와 백성을 생각하는… 무장. 지키기 위해서라면 수단과 방법을 가리지 않는, 이화매와는 궤를 달리하는 부류의 지휘관이었다.

조휘는 정문부에게 다시 시선을 줬다.

이화매가 원하는 것을 깨닫고 노기를 느꼈음에도 표정에는 별다른 변화가 없었다. 게다가 내키지 않는다는 말투로 끝이었다. 절제력이 뛰어나다는 뜻.

하지만 조휘는 안다. 저 정문부라는 청년이 지금 속에서 번진 들불 같은 분노를 죽이기 위해 사투를 벌이고 있다는 것을.

"인정하고 갈 건 인정하고 가야지. 얘기를 원상태로 돌려보세

나. 그래, 내가 정보를 공유해 주면 진 공은 가등청정의 목을 벨 수 있겠는가?"

최고 책임자라 할 수 있는 이성택의 질문에는 이제 원하는 것을 얻을 때가 됐다는 뜻이 담겨 있었다. 게다가 말투가 슬쩍 변했지만 조휘는 신경 쓰지 않기로 했다. 말투에 연연하는 성격은 아니었기 때문이다.

"확실한 정보라면 가능성은 충분히 있다고 생각합니다."

조휘는 무조건 죽일 수 있다, 이런 확신은 하지 않았다. 많은 전장을 경험하다 보니 다 된 밥도 재가 될 수 있고, 불가능한 상황 속에서도 한 점의 불빛을 발견하는 경우가 무수히 많다는 걸 깨달았다.

그러니 확신할 수는 없었다. 다만 그렇다고 약한 모습도 보일 수 없었다.

약한 모습을 보이면 누가 도움을 주겠나. 오히려 위험하니 더 조심할 뿐이었다. 이럴 때는 담담하고 침착하게, 그러면서도 희망을 보여주는 게 최고다.

"정보라는 것은 전쟁의 생명줄과 같은 것이니, 나도 함부로 공유하기는 어려워. 하지만 어찌 됐든 그대의 능력으로 얻은 반전의 기회. 그리고 태극도문의 사람을 믿어보고 싶으이. 그렇게 해서 이 전쟁이 확실하게 반전될 수 있다면 말이네."

"……"

결국은 확답을 달라는 거다.

'후우……'

속으로 한숨을 내쉰 조휘는 몇 달 전에 겪었던 상황과 똑같다는 걸 깨달았다. 감정 또한 마찬가지였다.

이화매가 조휘에게 정확한 정보를 줄 테니 세 놈의 머리를 따줄 수 있겠냐고 물었던 그때와 같았다.

그때 조휘는 이렇게 답했다.

"그렇게 말씀하신다 해도 저는 가능성이 높다고 대답할 수 있을 뿐입니다."

바로 했던 말의 번복이다.

"음……."

이번엔 이성택이 한숨을 내쉬었다.

실망보다는 조휘의 대답에 나름 다시 생각을 하고 있는 것 같았다. 조휘가 봤을 때 이성택은 연 백호와 비슷했다. 정확하게 말하면 연 백호가 살아 나이를 이삼십 정도 더 먹었으면 딱 저러지 않을까 싶었다.

굉장히 꼼꼼하고, 깊게 파고드는 성격.

모든 걸 샅샅이 파헤쳐 본 후에야 움직이는, 그런 성격이었다.

"정확하게 어떤 정보가 필요하십니까?"

이번에는 정문부의 질문이었다. 조휘는 바로 대답했다.

"가등청정에 대한 모든 것입니다."

"모든 것, 모든 것이라……."

정말 모든 것이 필요했다.

현재의 위치, 군의 병력, 병종(兵種), 진형, 행동 예측까지 전부. 가능하다면 진형 내 가등청정의 위치까지.

"그 전부를 알려드리면 몇 할의 가능성이 있습니까?"

정문부가 다시 물었다.

조휘는 그 굳건한 눈빛을 잠시 마주하다가 눈을 감고 가능성을 생각해 봤다.

공작대원의 수, 사십.
무장 상태, 최상.

그리고 은여령.
'잘만 몰아넣으면 진천뢰를 마구 쏟아부어 죽일 수도 있어.'
물론 그건 잘 몰아넣었을 때의 이야기다.
함경도란 곳의 특성상 산지가 많기 때문에 결국은 산악전에 기대를 걸어야 하는데 놈을 끄집어낼 방법이 별로 없었다.
그때였다.
"가등청정, 그는 근 시일 내로 길주성을 공략할 겁니다."
어라, 공성전?
조휘의 눈이 살짝 변하는 걸 본 모양인지, 정문부도 눈을 맞췄다.
"공성, 공성전은 굉장히 변수가 많은 전투입니다."
"알고 있습니다."
사실 몇 만 이상의 수가 맞붙는 공성전은 경험이 없었다. 그저 왜놈들이 어느 섬에 급조해 만든 나무 성을 타고 넘어 썰어 버린 경험뿐이었다.
"대주."
"왜."
"요즘 엄청 신중해졌습니다?"

"뭐?"

조휘의 시선이 위지룡에게 넘어갔다. 시선을 받은 위지룡이 씩 웃었다.

"자꾸 연 백호를 따라 하려는 것 같아서 말입니다."

"뭐라는 거냐, 너?"

조휘의 인상이 저절로 찌푸려졌다. 신중하다는 말 때문이 아닌, 연 백호를 따라 하려 한다는 소리를 들었기 때문이었다.

여태껏 누군가를 모방한 적이 있던가? 글쎄, 처음에나 그랬지, 어느 정도 자신만의 길을 만든 이후에는 없었다.

위지룡은 다시 입을 닫았다.

그때 불쑥,

'이 새끼가?'

간만에 위지룡이 까부나 싶은 마음이 들었다. 하지만 자리가 자리인지라 조휘는 일단 위지룡을 무시한 후 다시 정문부에게 시선을 돌렸다. 정문부는 조휘의 시선을 받고 다시 입을 열었다.

"반드시 죽여야 할 자입니다."

"그건 알고 있습니다."

"그자가 호랑이 사냥을 즐긴다는 건 거짓이 아닙니다. 하지만 그것 말고도 더 있습니다. 실제로는 사람을 풀어놓고 사냥을 즐긴 적도 있습니다."

"……."

"게다가 그가 고문한 사람들, 고문한 방법 등을 보면 정말… 인간이 아닌 마귀입니다, 마귀."

"그렇습니까? 근데 공성전에 대한 것도 그렇고, 가등청정에 대한 것도 그렇고… 자세히 아시는군요."

"……."

이번엔 반대로 정문부가 잠시 침묵했다. 조휘는 위지룡 때문인지, 아니면 질질 끄는 이성택과 정문부 때문인지 목소리에 날이 서 있었다.

"그렇게 잘 아는 사람들이 왜 이 지경이 될 때까지 몰렸습니까?"

그리고 누가 말릴 새도 없이 두 사람에게 따져 물었다. 그에 이성택의 표정은 굳었고, 정문부 역시 마찬가지였다. 조휘는 거기서 멈추지 않았다.

"그 정도의 정보력을 가지고도 대체 왜 이 지경까지 밀렸냐고 물었습니다."

"……."

"……."

꿀 먹은 벙어리가 될 수밖에 없었다. 장내에 있던 조휘 일행과 이성택, 정문부를 뺀 나머지 일남일녀의 얼굴이 차갑게 변했다. 조휘의 말을 조롱이라 생각한 것 같았다.

"행용총, 압니다. 요 근래 질리게 상대해 봤으니까. 하지만 막을 방법이 아예 없는 것도 아닙니다. 게다가 애초에 그렇게 경고를 해줬는데도 왜 두 손 놓고 있던 겁니까?"

첫말은 무장들, 뒷말은 조선의 조정에 대해 묻는 질문이었다. 조휘가 이러는 이유는 딱 하나였다.

정보를 쉽게 주지는 않을 것 같다.

그렇다고 장담할 수 없는 약조를 해가며 정보를 얻기도 싫다.

그러니 압박을 하고 있는 거다.

"그런 당신들 대신 내가 판을 뒤집어 주겠다는데, 대체 뭔 생각이 그렇게 많습니까?"

"……."

"……."

질질 끌려가는 건 역시나 못할 짓이었다. 그런 마음에 나온 조휘의 날이 선 말에 장내는 싸늘한 침묵에 빠져들었다. 하지만 그것도 잠깐이었다. 들이닥친 수하의 한마디.

"자, 장군! 왜놈들의 기병이 북문으로 몰려왔습니다!"

"수는 얼마나 되느냐."

"이천에서 삼천 정도로 추정된답니다!"

"이천에서 삼천이라……. 기병만 몰려온 걸 보니 공성전을 할 생각은 없는 것 같은데……. 그래도 혹시 모르니 준비를 단단히 하고 있으라 일러두어라. 나도 바로 가겠다."

"네!"

젊은 무관이 우렁찬 대답과 함께 다시 등을 돌려 달려갔다. 무장이 사라지자 이성택은 조휘를 바라봤다. 그를 보며 말했으나 알아들은 건 이화뿐이었다.

"대화를 나눌 때가 아닌 듯하군. 이 이야기는 끝나면 마저 하는 걸로 하겠네."

"네."

벌떡!

이성택은 조휘의 대답을 듣자마자 바로 자리에서 일어나 밖으로 나갔다. 조급하지 않은 절도 있는 걸음이었다. 정문부와 같이 있던 일남일녀도 마찬가지였다.

조휘는 이화를 바라봤다. 좀 전에는 조선어라 이해를 하지 못했기 때문이다.

"왜의 기병이 북문으로 몰려왔대요."

"우리도 일어납시다."

조휘도 바로 일어났다.

밖으로 나오니 무슨 시전 거리에라도 나온 것처럼 어수선했다. 병사고, 아이고, 여인이고 할 것 없이 손에 뭔가를 들고 북문으로 몰려가고 있었다.

"모시겠습니다."

처음 성문에서 이화와 대화를 나눴던 무장이 다가와 말했다. 무장의 뒤를 따라 걸으며 조휘는 주변을 살폈다. 다들 다급해 보였지만, 얼굴에서는 굳은 의지가 느껴졌다.

수성.

막아내겠다는 의지.

공포에 떨고 있는 눈빛이 아닌 게 참 인상적이었다. 무장이 힐끔 조휘를 돌아보고는 다시 말을 이었다.

"다들 이성택 장군님을 믿고 있습니다. 몇 차례나 왜놈들의 공세를 막아내셨으니까요."

"……."

이성택에 대한 믿음이 가히 절대적인가 보다. 하지만 반대로 역시나 궁금증이 생겼다. 이런 무장이 존재하는데 왜, 왜 이 지경까지 밀렸을까? 도대체 이해가 안 갔다.

'이성택, 정문부. 게다가 강상현에 그 대사라는 분까지.'

딱 봐도 대단한 사람들이다.

그런데 대체 어떻게 하다가 이 지경까지 몰렸는지, 조휘는 이 부분이 정말 이해가 안 되고, 답답했다.

그러다 또 불쑥 드는 생각.

'과연 저들이 전부일까?'

지금까지 조휘가 대단하다 여긴 조선의 인물은 네 명이다. 그리고 넘어오기 전 대회의실에서 했던 말들이 떠올랐다. 특히 공현이 했던 말.

이화매 정도 되는 인물이 각지에서 다섯, 그 정도만 나타나 준다면 왜를 자력으로 막을 수 있다고 했다.

'넷 다 부족해. 무력이야 이 제독보다는 높겠지만… 그 외의 것은 아직 잘 모르겠어.'

전쟁은 개인의 무력으로 하는 게 아니었고, 개인의 지략으로 하는 것도 아니다. 온갖 정보를 받아들여 작전을 짜고, 때로는 무모해 보이는 돌격 명령을 내려야 하며, 매복인지, 기습인지, 화공인지, 화살비인지도 생각해서 전술을 짜야 한다. 그 모든 걸 생각했다 하더라도 생각처럼 군을 움직일 수 있는 용병술이 있어야 하며, 그 용병술을 받쳐 줄 믿을 만한 수하들도 있어야 된다.

그걸 모조리 할 수 있는 게 이화매다.

'애초에 불가능한 일이지. 이 제독 정도 되는 인물이 다섯이나 있었다면 아예 왜를 점령해 버렸을 거다.'

이화매가 조휘를 인정하듯이, 조휘도 그녀의 일신상의 능력만큼은 아주 깨끗하게 인정했다. 그녀는 하늘이 내려준 인재다. 시기가 좀 있었는지 여인으로 태어나 육체적으로 제약이 있었지만, 그걸 덮고도 남을 압도적인 통솔력이 있었다.

제왕의 기질.

그래도 희망은 있어 보인다.

조휘가 인정한 넷 정도 되는 이들이 계속해서 등장해 준다면 전쟁의 판은 자신이 없어도 알아서 뒤집힐 것이다.

하지만 조휘는 잘 모르고 있었다.

이 땅, 이 땅은… 영웅의 대지라는 사실을.

조선 팔도, 전국 각지에서 영웅들이 태동하기 시작했다는 사실을.

그리고 그 영웅 중 하나가 자신의 앞에 숨죽이고 있었음을.

그런 생각을 하는 사이, 어느새 성벽에 도착한 조휘는 무장을 따라 성벽에 올라 이성택의 옆으로 갔다.

그의 옆에 서서 성 밖을 보니, 새까만 왜의 기병들이 있었다. 놈들의 기병대의 특징은 흑색과 적색을 조합한 갑주라 할 수 있었다. 칙칙한 색으로 전신을 감고, 악귀처럼 돌격하는 마귀들.

기는 전에 보았던, 가등청정 군의 것과 같았다. 길주 평야에 있다더니, 어느새 여기까지 내려온 것이다.

하긴, 거리가 얼마 안 되니 하루 이틀이면 충분히 오고도 남았을 것이다.

그들을 바라보는 이성택의 표정은 굉장히 차가웠다. 아니, 차가운 정도가 아니라 북해의 빙정처럼 치명적인 뭔가가 있었다.

조휘와 대화할 때 보여주었던 온화한 기색은 눈을 씻고 찾아봐도 없었다. 사람이 달라진다는 말이 딱 들어맞았다. 그렇다고 신기하지는 않았다. 때에 따라 사람이 달라지는 건 조휘도 마찬가지였으니까.

"달랑 기병 이삼천 기로 대체 뭘 하려고……."

정문부가 중얼거리는 소리가 들렸다. 그 말에 조휘도 동감했다. 기병 이삼천. 분명 적은 숫자는 아니었다.

하지만 공성전에는 쓸모도 없는 병력이었다. 기병이 활개를 치려면 기마가 충분히 가속할 수 있는 거리가 필요하다. 드넓은 초원, 평야 같은 곳이 필요하단 소리다. 그런데 지금은 공성전이었다.

사방의 성문은 아주 굳게 닫혀 있었다. 그렇다고 이성택이 바보처럼 밖으로 나갈 사람도 아니었다.

굳이 기병과 평야에서 부딪치는 멍청한 선택을 할 사람이었다면, 단천성은 오래전에 이미 넘어갔을 것이다.

"보통 저 경우는… 위협이겠지."

이성택은 전장에서 한평생을 산 인물이고, 이런 경험이 아예 없는 것도 아니었다. 이립을 막 넘겼을 때 조정의 명령으로 명의 북방 원정에 참여해 본 적도 있었다. 그때 한 성에 갇혔었는데, 북원의 기병들이 와서 저렇게 성 근처를 서성거리는 걸 봤다. 그때 소속 부대의 상관에게 들었다.

저건 협박이라고.

나오면 죽여 버리겠다는 협박.

"이런… 그럼 길주성에 대한 공략이 시작됐다는 소리군요."

정문부가 인상을 찌푸리며 말했다.

말 하나에, 그 속에 숨겨진 다른 것을 파악해 냈다. 저건 의미 그대로 협박이었다. 길주성의 공략은 시작되었고, 혹여 도우러 갈 생각이라면 지금 당장 버리라는. 문을 열고 나가는 즉시 공격하겠다고.

이삼천의 기병이면 일만의 보병도 쓸어버릴 수 있다. 물론 지형, 전술이 잘 맞아야겠지만 보병에게 기병은 그야말로 재앙이었다. 조휘는 가만히 보다가, 저러는 이유를 하나 찾았다.

'협상의 가능성은?'

일단의 무리를 이끌고 와 협상을 걸 수도 있다는 생각이 들었다.

저번에 조휘를 끌어들이려는 작전까지 세웠었다. 분명 머리를 쓰는 놈이 포함되어 있다는 뜻. 이번에도 조휘는 그런 예감이 들었다.

아니나 다를까, 몇 기의 기마가 앞으로 나섰다. 조휘는 선두에 선 자를 보고 인상을 굳혔다.

청각(靑角).

귀기가 감도는 것 같은 새파란 뿔이 달린 투구를 쓴 놈이 선두에 있었다. 개인적인 무력으로 따지면, 조휘도 목숨을 걸어야 할 것이다. 물론 그건 막아내는 데 걸어야 한다. 놈의 숨을 끊는 게 아닌, 놈의 공세를 막는 데 말이다.

그런 놈이 기병대를 이끌고 있었다.

겁대가리 없이 백기도 들지 않고 다가온 놈에게 한 무장이 활을 겨누자, 이성택은 손을 들어 말렸다.

'큭…….'

그 모습에 조휘는 속으로 실소를 흘렸다.

그러다 문득 조선이란 나라를 선비의 나라라고 부른다는 사실이 떠올랐다. 이 순간에도 예를 지키는 모습이라, 조휘에게는 맞지 않았다.

활의 사정거리 안으로 들어오자 안 보이던 게 보였다. 무리는 전부 여섯. 청각 하나에 왜의 무장 둘, 흑각이 둘. 그리고 밧줄에 묶여있으니, 포로로 보이는 이가 하나. 왜놈들은 전부 말에 타 있었고, 포로는 끌려오고 있었다. 더 가까이 와 얼굴을 확인할 수 있게 되자 이성택의 입이 천천히 열렸다.

"김 장군……."

아는 사람 같았다.

'포로, 설마 포로 교섭인가?'

그 말에 조휘의 머릿속에 든 생각이었다. 하지만 고개를 저었다. 이렇게 교섭을 할 리가 없었다.

이건 좀 다른 것처럼 보였다.

스윽.

이성택이 뒤로 손을 뻗자 정문부가 그의 손에 활과 화살을 쥐어줬다. 성문에서 백보 정도의 거리가 되자 왜의 무사들은 멈췄고, 김 장군이라 불린 이가 등을 떠밀려 천천히 성문 쪽으로 걸어왔다.

거리는 금방 가까워졌다.

대화가 가능한 거리가 되자 이성택의 입이 열렸다.

"김 장군."

"오랜만이오, 이 장군. 이 김 모, 허허, 적의 포로가 되고 말았소."

"협상이오?"

"일단 그렇긴 하오. 내게 그 성문을 열라고 했으니. 허허."

김 장군이란 자는 허허롭게 웃었다.

얼굴에 미소가 어려 있지만, 조휘는 안다. 저것은 각오한 자의 미소다. 흔히 말하는, 해탈한 미소.

김 장군의 미소가 딱 그랬다.

"이 장군."

"말하시오."

"긴말해서 뭐 하겠소. 이만 보내주시게."

"……."

그 말이 떨어지자 잠깐 침묵했던 이성택이 바로 활을 들었다. 그리고 바로 시위를 재고, 겨누고, 놓았다.

핑.

싱그러운 소리에 이어 푹! 하고 둔중한 소리가 울렸다. 화살은 정확하게 김 장군이라 불린 이의 심장에 박혔다.

"미안하오."

그러더니 두 번째 화살을 재고, 겨누고, 다시 놓았다. 핑. 두 번째 화살은 퍽! 소리를 내며 주춤거리는 김 장군의 머리를 그대로 관통했다.

고통에 몸부림칠 시간까지 줄여준 것이다.

편히 저승으로 가라고.

조휘는 그런 이성택의 결단에 좀 놀랐다. 둘의 대화는 알아듣지 못했다. 하지만 어조로 보아 반가움이 있었다. 친우 사이라고 해도 될 정도였다.

그런데 적의 포로가 되었고, 이용당할 것 같은 조짐이 보이자 바로 목숨을 끊어준 것이다.

'예는 지키면서도 이런 냉정한 결단이라니······.'

조휘는 어쩌면 자신이 이성택을 잘 모르고 있는 게 아닌가 싶었다. 조휘가 만약 저 상황이 됐다면? 아마 저처럼 냉정하게 행동하지는 못했을 것 같았다. 김 장군이 뒤로 쓰러지자, 이번엔 청각의 무사와 왜의 무장이 동시에 앞으로 나섰다.

다가온 놈은 굉장히 비열하게 생겼다. 조휘는 오면서 받았던 정보로 놈이 누군지 알 것 같았다.

상량뢰방(相良賴房).

가등청정이 이끄는 이군의 지휘관 중 하나였다.

정보로는 상량뢰방의 특징이 쥐새끼처럼 기른 콧수염과 투구에 정면으로 돌출된 뿔이라고 했으니 아마 맞을 것이다. 놈은 김 장군의 시체 뒤쪽까지 다가오더니 외쳤다.

"이놈들!"

그걸 청각이 통역을 해줬고,

"누구냐."

이성택의 말 역시 놈이 통역을 해줬다.

청각의 무사가 통역을? 아닐 거다. 그러기엔 무력이 아깝다.

"난 상량뢰방이라고 한다! 버러지 같은 단천성주에게 가등청정 님의 말씀을 전하러 왔다!"

피식.

이성택은 그 말에 나직한 미소를 짓더니, 손을 휘휘 저었다. 해보라는 손짓이었다.

이이! 이놈! 하고 부르르 떨지만 이미 이성택은 놈은 안중에도 없었다. 다만 조휘처럼, 청각무사에게 집중하고 있었다. 전면을 가린 투구 때문에 얼굴은 보이지 않지만 체형은 호리호리했다.

사내가 맞나 싶을 정도로.

'그러고 보니 목소리도 가녀리고.'

어쩌면 여자일 수도 있겠다 싶었다.

"지금 당장 성문을 열고 투항하면 목숨만은 살려주겠다는 말씀을 하셨다! 그러니 지금 당장 성문을 열고! 투항해라, 이 버러지 같은 놈들아!"

놈은 악을 바락바락 썼지만, 청각을 통해 전달되는 어조에는 큰 기복이 없었다. 책을 읽는 듯, 담담한 말이었다.

이성택은 쯧, 혀를 한 번 차더니 내키지 않는 목소리로 말했다.

"가서, 네놈 주군에게 전해라. 지금 당장 이 나라에서 나가지 않으면 내 곧 그 목숨, 친히 거두러 가겠다고."

"뭐라!"

"가서 전하라 했다. 졸개 따위가 와서 큰소리치는 걸 봐줄 때 얼른 꺼지란 말이다."

"이, 이놈이……!"

통역으로 들리는 대화다.

조휘도 이화의 통역으로 대화를 듣고 있었다. 힐끔, 이성택을 보자 그의 눈동자는 새파란 살심에 물들어 있었다.

죽일까, 말까. 그 사이에서 고민하는 중이었다. 조휘였다면 죽였겠지만, 이성택은 놈이 지랄 발광을 떨다가 돌아갈 때까지 결국 활을 들지 않았다. 다만, 오래 참지는 않았다.

협상이 결렬되었는데도 놈들은 돌아가지 않았다. 오히려 여유로웠다.

바닥에 내려선 놈, 말을 타고 산책을 하는 놈 등등, 저마다의 방법으로 자극을 주고 있었다.

사거리가 안 나온다. 보통의 궁으로는 저 정도 거리에 있는 이에게 타격을 가하는 건 불가능하다. 조휘는 그렇게 알고 있었다.

이성택은 참을 만큼 참았다는 표정과 어조로 명령을 내렸다.

"궁병대, 사격 준비."

그러자 곧바로 성벽 위, 이열로 도열한 조선 궁병들이 일제히 활을 꺼내 화살을 먹이고, 하늘 높이 치켜들었다.

'거리가 된다고?'

"발사."

새까만 화살이 하늘을 가득 메웠다.

시우(矢雨).

놈들은 학습 능력이 없거나, 아니면 너무 여유를 부렸다. 명에 연노가 있다면, 조선에는 각궁이 있다는 것을 알아야 했다.

무시무시한 사거리를 자랑하는 각궁의 화살 공격이, 여유를 부리던 왜놈들의 목젖을 노리고 아귀처럼 달려들었다.

푹!

푸부부북!

키악!

으아악!

하늘을 가득 메웠던 화살비가 떨어지는 광경과 비명을 보고 듣던 조휘는 저절로 입이 벌어진 것도 자각하지 못했다.

거리가… 엄청났다.

성에서 왜의 기병들까지의 간격은 거의 육백에서 육백오십 보 정도. 이건 짧은 거리가 아니었다. 명나라의 활은 당연히 저 정도를 날아가지 못한다. 연노? 애초에 연노는 직사, 연발, 관통을 주제로 만들어진 무기다.

곡사에 비해 사거리가 떨어지는 건 당연한 이치다. 그럼 홍뢰는? 마찬가지다. 연노에 비해 사거리, 관통력은 우수하지만 지금 조선 각궁이 보여준 사거리에는 훨씬 못 미친다. 게다가 기병들이 입고 있던 갑주까지 뚫어버리는 관통력까지 보여줬다.

"우와……."

이화의 감탄이 들렸다.

슬쩍 고개를 돌려 보니 이화는 물론 은여령과 오현을 포함해 공작대 전원의 입이 벌어져 있었다.

심지어 조선 각궁을 소지한 위지룡조차 입을 떡 벌리고 있었다. 활이라면 그 누구보다 해박한 위지룡이었다.

"네 활로도 가능하냐?"

조휘의 물음에 위지룡이 멍한 표정으로 고개를 저었다.

"길어야 사백 보입니다. 하지만 그 정도 거리를 격해 살상까지 노리려면 화살촉을 무겁고 날카롭게 해야 되는데, 이 경우 사거리가 떨어집니다. 근데 저건……."

"……."

조휘는 다시 침묵했고, 위지룡은 고개를 절레절레 저었다.

그렇게 조휘를 비롯해 공작대가 상식을 벗어나는 광경을 보고 멍해 있을 때 이성택이 고개만 살짝 돌리더니 입을 열었다.

"개량 각궁이라네. 기존의 각궁보다 우수하지."

"아, 그렇습니까."

"그렇다네. 제작이 매우 까다로워 우리도 겨우 오백 개 정도 소지한 게 전부라 흠이지만. 그리고 화살도 준비된 지 얼마 되지 않아 실전에 사용한 건 지금이 처음이라네."

"……."

거기까지 말한 이성택이 재차 손을 들었다.

이격 준비다.

조휘는 시선을 다시 전방으로 돌렸다. 왜놈들은 놀랐는지 말에 올라타 전열을 정비하려 하고 있었다. 하지만 이성택이 먼저였다.

"발사."

손을 내리며 명령을 내리자, 핑, 피비비비빙! 개량 각궁 특유의 시위 튕기는 소리가 고막을 강타했다. 그리고 또다시 새까만 화살비가 하늘을 가득 메웠다. 마치 철새 같았다. 까맣게 무리 지어 날아가는 철새.

칵!

크아악!

대지에 화살비가 꽂히기 시작하자 어김없이 비명이 터져 나왔다. 운 좋게 방패로 막은 놈들은 자신의 전마 뒤에 몸을 숨기고 오들오들 떨고 있었다. 그렇게 두 번의 화살 공격으로 혼을 쏙 빼놓은 이성택은 빠른 걸음으로 성벽을 내려갔다.

정문부와 무장들이 그의 뒤를 따랐다.

이어, 천지가 개벽하는 호통이 터졌다.

성문을 열라……!

쩌렁!

"윽!"

조선어로 나온 그 호통의 의미를 할 수는 없었으나, 조휘는 짜릿한 뭔가가 등골을 스쳐 지나가는 걸 느꼈다.

그건 기백이었다.

기세였고,

살기였고,

성 밖에서 넋을 놓고 있는 왜놈들을 모조리 멸(滅)하고 말겠다는 의지의 표현이었다.

그런 각오가 어찌나 격렬했는지, 조휘가 저도 모르게 풍신을 잡고 있을 정도였다. 게다가 손바닥이 벌써 축축했다.

저 기백에 밀린 거다.

천하의 마도가,

이제 세수 육십을 넘겨 보이는 노장의 기백에 속절없이 밀린 거다.

'이거, 이것 봐라……. 단순히 용병술이 뛰어난 무관이 아니었다는 거지?'

몰랐었다.

감각이 좋았음에도 뛰어난 무장이라고만 생각했을 정도로 깜빡 속아 넘어갔다. 이성택, 그는 그저 사람 좋은, 차분한 장수가 아니었다. 이화매와는 궤가 다르지만, 조휘는 알 수 있었다.

이성택이야말로 공현이 말했던, 이화매 정도 되는 정말 걸출한 영웅이라는 것을.

끼이이익!

성문이 열리기 시작했다.

스릅.

조휘는 저도 모르게 입술을 핥았다.

'나간다는 거지? 함정일지 모르는데도?'

아니지, 아니야.

'그렇게 성급한 자가 아니야. 이미 보고를 받은 거야. 매복은 없다고. 성을 중심으로 사방팔방 척후를 깔아놓은 거야.'

휙휙.

조휘는 몸을 돌리면서 사방을 확인했다.

씨익.

생각했던 게 맞았다. 사방에서, 아니 팔방에서 연기가 올라오고 있었다. 저 연기의 의미를 조휘가 모를 리 없었다. 저 연기는 봉화였다. 신호용 봉화. 연기의 색은 그냥 일반적이지만, 뜻은 알 것 같았다.

적은 없다.

그걸 확인했으니 이성택이 지금 성문을 연 것이다.

그때였다.

전군.

짧지만 굵직한 조선어가 조휘의 귀에 들렸다.

파스스!

그 말에 조휘는 온몸에 소름이 돋는 걸 느꼈다.

분명 소리는 크지 않았다. 그런데 이 소란 속에서도, 자신의 바로 아래 성문 근처에 있다고 해도 거리가 상당한데 귓가에 푹 처박혔다.

극, 그극.

잠자고 있던 본능보다도 밑에 처박혀 있던 마(魔)가 슬그머니 일어나 기지개를 켜기 시작했다.

스릅.

또다시 저도 모르게 입술을 핥고는 몸을 돌려 성안, 도열한 조선의 기병을 바라봤다. 기본 무장은 조휘도 익숙했지만, 주력 무기는 조휘에게도 생소했다.

길쭉한 봉에 쇠사슬, 그리고 묵직한 추가 달려 있었다.

"편곤이에요."

"편곤?"

"네. 북방 기병의 주력 무기예요."

이화의 설명이 이어졌다.

'편곤이라……'

실로 생소한 무기였다.

조휘는 보통 기병전보다는 수상전, 혹은 해안가에서 벌어지는 전투를 벌였다. 대규모의 기병 전투는 사실 그때 소서행장 군에서 탈출할 때 빼고는 전무했다. 그때는 직접 경험했던 거라 잘 몰랐다.

하지만 지금은 제삼자의 시선으로 관찰할 수 있게 됐다. 물론 흥분의 이유는 저 주력 무기가 아니었다.

육십이 넘은 고령으로, 최전방에 당당히 선 자.

대호(大虎)의 기상을 품은 자.

반 시진 가깝게 대화를 했음에도 자신의 감각을 피해갔던, 단천성주 이성택 장군. 바로 그였다.

"기대해도 좋을 거예요. 함경도, 특히 이성택 장군이 이끄는 단천기병은… 북원과 여진도 덜덜 떠는 정예 중의 정예니까요."

"……."

그렇단 말이지.

조휘는 입술이 바짝바짝 말라가는 걸 느꼈다. 그래서 또 혀를 스륵, 한 차례 핥고는 입가에 미소를 그렸다.

그는 조용한 목소리로 뭔가를 설명하고 있다.

'그러다 다 도망가겠네…….'

조휘가 고개를 돌려 성 밖을 보자, 어느새 왜의 기병대는 진형을 갖추고 좀 더 멀찍이 도열해 있었다.

도망갈 생각은 없어 보였다.

다시 그때,

돌격.

짧고 굵직한, 그러나 심장에 묵직한 충격을 주는 기백 가득한 단어가 귀에 쏙 들어왔다.

'시작이다.'

왜 이러지?

조휘는 스스로가 신기했다.

마치 신난 아기처럼, 대호(大虎) 이성택 장군이 이끄는 기병과 왜의 청각무사, 흑각무사가 주축이 된 기병의 돌격이 너무나 기대됐다.

전쟁, 혹은 피, 살인에 중독된 것도 아닌데, 왜 잠시 후가 궁금해 이리도 심장이 격렬하게 뛰는지 조휘는 스스로도 의문이었다.

'집어치우고.'

일단 보자.

마음을 정한 조휘는 성벽을 양손으로 집고, 상체를 살짝 앞으로 내밀었다. 두드드드, 두두두두드! 지축을 울리는 말발굽 소리가 점차 강렬해지기 시작했다.

이성택이 이끄는 조선 기병의 돌격이 시작되자, 왜의 기병대도 마주 돌격했다.

그러자 고조되는 군기(軍氣).

조휘는 그 선두에서 일어나는 기세에 자신의 판단이 완전히 잘못되었음을 실감했다.

그는 이성택의 기질과 심성이 차가운 줄 알았다. 근데 전혀 아니었다.

이성택의 기질은 불이다. 그것도 모든 것을 불태울 겁화(劫火)다.

"많은 사람들이 잘 몰라요."

불쑥 들어오는 이화의 말.

상념을 끊는 말이지만, 어쩐지 저 뒷이야기가 재밌을 것 같았다.

"뭐가 말입니까?"

"이성택 장군님이 모두 일반 무가 출신인 줄 알거든요."

"아닙니까?"

"네, 아니에요. 완전 잘못 짚었어요."

"……."

거봐라.

딱 원하던 얘기다.

"그럼 출신이 어디입니까?"

"화령도문. 그것도 장문 제자셨던 분이세요. 하지만 그걸 아는 사람은 극히 드물어요. 화령도문은 극히 강경한 도문이라 조선 왕실에서 별로 안 좋아하거든요. 그래서 저도 아는 척은 안 했어요."

"……."

"어쨌든 대단한 분이세요."

아아, 화령도문(火靈道門). 당연히 모르는 단체다. 하지만 이화와 강상현이 태극도문이라고 했다. 그렇다면 이화가 아는 화령도문도 범상치 않은 곳일 것이다.

"그런 분이 화가 나셨으니, 이제 저들은……."

이화는 뒷말은 꺼내지 않았다.

조휘도 묻지 않았다. 대신 시선을 다시 전방으로 돌렸다. 부딪

치기 일보 직전. 그 직전에 느껴지는 게 또 있었다.

최전방에 선 이성택이 불이라면, 그가 이끄는 단천성의 기병대
는 바람이다. 차가운 북방의 기운을 품은 바람. 들끓는 군기 속
에 조휘는 그걸 느꼈다. 요즘 들어 감각이 나날이 날카로워지더
니, 이제는 그런 것들이 '느껴'지고 있었다.

'바람이 거세지면 폭풍이지.'

그런 폭풍 속에…

불길이 더해지면?

그것도 세상을 태워버릴, 겁화의 불길이 더해지면?

조휘는 웃었다.

이건 뭐… 뒤가 궁금하지도 않았다. 조휘는 장담할 수 있었
다. 이 전투, 이성택 기병대의 압승이다.

퍼걱……!

육신이 박살 나는 소리가 들리더니, 말과 기마가 통째로 날아
가는 게 보였다. 조금 멀었지만 조휘의 시선에도 충분히 잡혔다.

픽! 퍼버버벅!

깡! 까강!

온갖 소리가 버무려지기 시작했다. 조선 기병의 편곤. 위력은
어마어마했다. 그리고 결정적으로 문제가 되는 게 있다면, 왜의
무기는… 참담하다 싶을 정도로 질이 별로였다. 일반적인 경우
라면 웬만큼 버티겠지만, 조선 기병의 편곤 앞에서는 속수무책
이었다.

깡!

까강!

좌르르륵!

편곤으로 막고, 혹은 연결된 쇠사슬로 적의 무기를 제압한 뒤 바로 이격이 딸려 들어간다. 도리깨처럼 휘어서, 퍼걱! 안면이건 몸뚱이건 닥치는 대로, 무차별적인 타격이 이어졌다.

편곤은 대단했다. 일단 왜의 주력 무기인 대태도보다 훨씬 길이가 길었다. 타격점이 길고, 끝에 달린 곤이 손목의 탄력으로 인해 타격 부위가 변하니 막는 것 자체가 거의 불가능했다.

그리고 반대로, 왜의 무기는 너무 강도가 약했다.

파캉!

시기 좋게 저 멀리서 똑 분질러진 왜도가 빙글빙글 도는 게 조휘의 시선에 잡혔다.

'저건 절대적 약점이지……'

무사는 정말 좋은 걸 쓴다. 풍신과 비교해도 그다지 꿇리지 않는다. 하지만 일반 병들은? 조휘는 풍신을 세 번 이상 막는 무기를 든 왜구를 단 한 번도 못 봤다. 많아야 네다섯 번 같은 타격점에다 깡! 깡! 넣어주면 뚝! 부러졌다. 대량생산과 나라의 제련 기술 자체가 조선이 압도적으로 높았다.

그 차이가 아주 명확하게 드러났다.

왜군은 약 이삼천 기였고, 조휘가 눈대중으로 파악한 조선 기병의 수는 약 오백에서 육백 사이.

그런데도 조선 기병들은, 특히 선두의 정문부와 무장들은… 전장을 쓸고 다녔다. 내지르는 고함과 기합이 성벽에 선 조휘의 귀까지 들려왔다. 그것도 똑똑하게.

게다가 한마디도 꺼내지 않았던 여인의 무위도 대단했다. 창포검(菖蒲劍)을 귀신처럼 써가며 기병을 도륙하는데, 특히 그녀의 마상운신(馬上運身)은 정말 기가 막혔다. 공작대는 물론 자신도 배우고 싶을 정도였다.

하지만 단연 압도적인 이는 역시 대호, 이성택이었다. 그는 참마검(斬馬劍)에서 파생됐다는, 삼국시대 관운장이 사용해 더 유명해진 언월도(偃月刀)를 다뤘다. 그리고 그 언월도를 정말… 귀신처럼 잘 다뤘다.

서걱!

이성택이 지나가는 자리에서는 어김없이 몸통이 갈라지든가, 목이 뜨든가, 그도 아니면 어깨가 잘리든가, 셋 중 하나의 결과가 나타났다.

끼아아아!

찌릿한 고함.

하지만…….

'슬픈……?'

조휘가 그쪽으로 시선을 돌리니 처음에 보았던 청각무사가 휘하의 적각무사를 이끌고 이성택에게 돌진하고 있었다. 이미 전투는 난전. 이성택이 그 고함에 화답하듯 기수를 돌려 마주 달려 나갔다.

청각은 충분히 가속도를 붙였고, 이성택은 이제 막 달리기 시작했지만, 결과는 완전히 반대로 나왔다.

까앙……!

꺄악!

두 가지의 소리가 동시에 울리면서 청각무사의 신형이 말에서 튕겨져 나갔다. 그걸 보며 조휘는 생각했다.

"끝났네."

조휘는 한쪽으로 시선을 돌렸다.

저 멀리, 북동쪽에서 전황을 지켜보다 도망치는 상량뢰방이 보였다. 조휘는 웃었다. 저쪽, 공작대가 숨어 있는 장소였다.

다시 시선을 전장으로 돌리는 조휘.

전세는 빠르게 조선 쪽으로 기울고 있었다. 어느새 적각무사까지 제압하고 전장에 난입한 이성택과 정문부 때문이었다.

압도적인 무력과 압도적인 병기. 두 가지가 주는 이점을 이성택은 아주 잘 이용했고, 반 시진도 채 되지 않아 놈들은 퇴각을 시작했지만…….

삐이이익! 악도건이 입에 길쭉한 뭔가를 불고 불자, 수풀에서 공작대가 튀어나왔다.

퉁!

투두두두둥!

빗발처럼 쏟아지는 홍뢰.

홍뢰로 인해 다시금 번지는 혼란.

그리고… 뒤를 쫓아온 불길을 담은 태풍.

전투는 그걸로 끝이었고, 남은 건 청소뿐이었다.

제46장

전쟁의 승패가 결정되는 전장

대지가 조금씩 울긋불긋해지면서 온 세상을 불태울 것 같은 무더위가 한층 꺾이긴 했지만, 말 그대로 한층 꺾인 정도였다.

여전히 대해(大海)는 무더웠다.

이백 척의 전함을 이끌고 항주에서 출항, 조선으로 향하는 함대의 총 제독인 이화매는 그 더위가 이제 익숙해졌는지, 편안한 얼굴로 선측 갑판에 기대서 있었다. 바다에는 죽간을 깔아놓고 하나씩 들어 읽으면서 다 읽으면 휙휙, 갑판 밖으로 내던졌다.

정보, 원래는 불태웠지만 배 위니 그러기는 힘들어서 그냥 바다에 던져 폐기하는 거다. 암기력이 대단한 이화매는 한 번 보면 어지간해서는 잊어먹지 않으니 유출 방지를 위해 이렇게 버리는 게 나았다.

이화매가 모두 읽고 버린 뒤 앞에 서 있던 양희은에게 물었다.

"역시, 마도는 사람을 실망시키지 않아."

"이번엔 어떤 결과를 냈습니까?"

"후후, 이렇다 할 전과는 없어. 다만, 두 번째 표적인 가등청정의 목을 노리기 위해 움직이고 있다는 게 전부야."

"음."

양희은은 짧게 신음을 냈다. 잘 이해하지 못했기 때문이다.

"조급하지 않아서 좋다는 소리야."

"네?"

"말 그대로, 마도는 복수를 위해 나를 돕고 있지. 그건 잘 알지?"

"네, 잘 알고 있습니다."

왜 모를까.

그때, 적무영? 그놈의 위치를 알아낸 마도가 하얗게 웃던 게 떠올랐다. 솟구치는 살기를 억누르려 노력했던 모습도 떠올랐다. 마도에게 복수는, 삶을 지탱하는 기둥 그 자체였다. 만약 적무영이 어딘가에서 죽었고, 그걸 마도가 알게 된다면? 양희은은 장담할 수 있었다. 마도는 분명 실의에 빠진다는 걸.

"마도는 적무영 그놈이 어디 있는 줄 알아. 내가 분명 팔군 사령관과 함께 있다고 했으니까. 솔직히 말해, 나는 의심을 했어. 혹시 복수부터 하려고 하는 건 아닐까. 나와의 약속을 지키는 것보다 자신의 복수를 먼저 하는 건 아닐까. 분명 그런 걱정도 했었지. 하지만 기우였어. 마도는 착실하게 나와의 신의를 지키고 있어."

"……"

계속된 이화매의 말을 들은 양희은은 고개를 끄덕였다. 만약 자신이라면 어떻게 했을까? 같은 하늘을 이고는 절대 살 수 없는 원수가 있다. 그놈을 죽이기 위해 십 년간 처절한 전장에서 보냈고, 겨우 해방되어 복수할 수 있는 때가 찾아왔다. 이리저리 꼬이고 꼬였지만, 결국 놈이 어디 있는지 알아냈다.

'과연 나라면?'

양희은은 고개를 저었다. 자신도 마도처럼 할 수 있다! 이렇게 단언할 수가 없었다. 머리카락이 하얗게 샌 이 나이가 되니, 스스로를 돌아볼 수 있게 됐다. 그래서였다. 자신도 마도처럼 할 수 있다고 단언할 수 없었던 것은.

그러나 마도는 하고 있었다.

개인의 복수보다 자신을 믿고, 복수의 기회를 준 이화매와의 약속, 믿음, 신뢰를 지키기 위해 끓어오르는 살심을 죽이고 있었다.

이 부분은 이해해야 했다.

이화매가 다시 입을 열어, 생각 중인 양희은에게 말했다.

"십 년의 세월이면 강산도 변한다고 하지. 복수심이 잘게 부서져 박살 나도 전혀 이상하지 않을 세월이야. 그런데 마도는 오히려 그 반대였지. 복수를 위해 악착같이 버텼어. 그러니 삶의 이유였던 복수심이 얼마나 깊겠어? 그런데도 참고 있다고. 적무영, 그놈만 관련되면 온몸으로 마(魔)를 풍기던 녀석이 참고 있다고."

"인정합니다. 그가 특별하다고 하셨던 말, 이제는 전부 이해하겠습니다. 허허."

양희은은 이제 마음속에 앙금처럼 남아 있던 마도에 대한 불만, 불안을 모조리 털어냈다. 이 정도 증명했는데, 이화매를 위해 그를 의심하는 일은 계속하는 건 오히려 볼썽사나운 모습으로 비칠 것이다.

그리고 자신이 물어보긴 했지만, 이화매가 이렇게 길게 대답해 주는 건, 이제 그만 마도를 인정하란 소리였다. 전에도 인정한다고 했지만, 그건 능력이었고 마도의 성격까지는 아니었다.

이화매는 갑판에서 몸을 떼고 빙글 신형을 돌려 망망대해를 바라봤다. 자세가 변하면서 분위기도 변했다.

사적으로 친하고 편한 가주와 가신의 관계가 아니라, 공적인 오홍련의 총 제독과 총 제독의 부관으로 돌아간 거다.

"개새끼들은?"

툭하고 날아오는 말.

이제는 그냥 동물로 비하해서 일단의 무리의 행방을 묻는다. 당연히 그 무리는 왜놈이다.

"한산도에서 대패한 이후, 몸을 사리고 있습니다."

"그래? 슬슬 나올 때가 됐는데… 이상하네? 왜국의 비선에서도 놈들의 움직임이 있다고 연락은 왔었지?"

"네, 끊어진 보급로를 다시 잇기 위해 최소 사백 척 이상으로 이루어진 함대가 출항할 걸로 보인다는 연락이었습니다."

"투입되는 병력은?"

"칠만 이상이라고 합니다."

"흠."

칠만이라는 말에 이화매는 난간에서 한 손을 떼고, 단발머리를 쓸어 넘겼다. 말이 칠만이지, 무시무시한 대규모 함대다.

이화매는 이번 출진에 일 함대 전체 중 이백 척을 동원했고, 병력 또한 이만에 육박했다. 이번에는 최소 인원에서 조금 넘게 태웠다. 아예 시작부터 장거리 정밀 포격과 회피, 전장 이탈을 생각하고 있었기 때문이다.

"어때, 조선군이 이번 공격도 막을 수 있다고 보나?"

"음… 일단 작전부는 힘들 것 같다는 의견입니다. 저 또한 마찬가지입니다. 지금 조선군은 그것의 삼분지 일도 안 된다고 합니다. 제아무리 한산도에서 대승을 이룩한 '그'라 해도 이번에는 힘들 것 같습니다."

"그렇겠지? 나도 일단은 그렇게 생각하기는 해. 사백 척과 백 척이 조금 넘는 전력이 부딪치면 결과야 뻔하지. 우리처럼 포격 사거리에서 압도적으로 우세하지도 않은 상황이고."

이화매도 양희은의 말에 동감했다.

사실 누구라도 좀 전의 대화를 들었으면 왜놈들이 이길 거라고 했을 거다. 단순하게 전력 차이를 보는 건 승패를 가늠하는 기초적인 방법이다. 그리고 기초적인 오판을 일으키게 한다.

왜냐고? 전쟁은, 전투는 그리 단순한 게 아니기 때문이다.

"하지만 왜일까. 나는 어째 이번에도 '그'가 대형 사고를 칠 것 같은 느낌이 들어."

"흠, 하지만 병력 차이가 너무 심합니다. 우리처럼 무장이 뛰어나지도 않고. 선택할 수 있는 작전은 한계가 있을 겁니다."

"그거야 당연한데… 흠."

이화매는 다시 난간에 기대서 생각에 잠겼다. 두어 달 전 한산도에서 일어났던 조선 수군과 왜놈들과의 해전. 결과는 조선 수군의 압도적인 승리였다.

'그 전투가 계속 신경 쓰인단 말이지…….'

병력도, 함선도 조선 수군이 우위에 있었지만 우위에 있다고 그렇게 대승을 이룩할 수 있는 건 아니다.

'말도 안 되는 전과지…….'

적선 칠십여 척과 왜군 만이천을 상대하면서, 아군의 피해는 '전무'한 상태로 적선 육십 척을 수장, 나포했고, 왜군 구천 정도를 수장시켰다. 이화매가 주목한 부분은 피해가 '전무'하다는 부분이었다.

물론 이 정도의 전과야 이화매도 가능하다.

사거리가 압도적으로 긴 포(砲)로, 그냥 모조리 수장시켜 버리면 된다. 그건 이화매가 가장 좋아하는 전술이기도 했다.

하지만 조선 수군은 다르다.

일단 오흥련의 대포처럼 사정거리가 압도적으로 길지 않았다. 이럴 경우 포격전에 들어가면 무조건 피해를 입기 마련이다.

실제로 보고에는 양측 간 포격전이 벌어졌다고 나왔다. 그런데도 피해가 거의 전무…….

'아니, 셋인가 넷인가 전사했다고 한다. 그리고 부상이 십여 명. 이건 피해라고 할 수도 없어.'

적은 구천가량을 수장시켰다.

그러면서 피해가 겨우 전사 서넛에 부상 십여 명이다. 이화매는 도대체 어떻게 싸워야 이런 미친 전공이 나오는지 궁금했다. 말했듯이 이화매도 저 정도의 전공은 세울 수 있다. 아니, 무수히 세웠다.

하지만 적군 포의 사정거리 밖에서, 훨씬 우월한 오홍련의 포로 때려잡는 거다.

'그렇다면 결국 이 전공은… 지휘관의 역량이라는 뜻인데.'

이화매는 이런 결과가 나올 수 있는 조건 하나를 떠올렸고, 역시 그것밖에 없다고 생각했다. 아무리 봐도 이 전공은 지휘관이라던 '그'의 역량이었다.

그…

"이순신… 이라."

이화매는 당시 조선 수군을 지휘했다던 장수의 이름을 나직이 읊조렸다. 한산도 전투를 보고받고 나서 바로 그에 대한 조사를 시켰다. 그녀는 어쩌면 그가 이번 전투도 뒤집을 것 같다는 느낌을 받았다. 마도가 보여준 것처럼, 어쩐지 이번에 또 대단한 전투를 보여줄 것 같았다.

"제독."

"음?"

"곧 조선 해역에 들어섭니다."

"알았어. 도독기(都督旗) 올려."

"네."

이화매의 명령에 오홍련 깃대 옆으로 또 하나의 기(旗)가 올라갔다. 명의 수군감찰도독을 뜻하는 기였다. 조선과 동맹 사이라고 해도, 해역을 마음대로 침범할 수는 없었다.

게다가 조선은 지금 전쟁 중, 만약 조선 수군과 조우했을 때, 어쩌면 오해하고 바로 공격해 올 수도 있었다. 그래서 아예 도독기를 올려버린 거다. 최소 동맹국의 도독기를 확인하면 일언반구도 없이 공격해 오지는 않을 테니 말이다.

아직 육지는 보이지 않지만, 이제 조금만 더 가면 조선의 남해
상으로 진입하게 될 것이다. 하지만 이화매는 더 이상 안으로 들
어가지 않았다.

"함대 정박!"

"네! 함대 정박! 함대, 정박하라!"

이화매의 고함에 양희은이 복창, 곧바로 함선끼리 수신호를
전달했다. 닻이 내려가고 이백 척에 이르는 대함대가 모두 멈췄
다. 멈춘 이유는 하나였다. 며칠 내로 벌어질 전투에 난입해 왜
놈들의 뒤통수를 후려치기 위해서였다.

만약 이화매가 먼저 나선다면? 왜놈들은 분명 전투를 피할 것
이다.

그러니 끌어들인 다음, 전투가 벌어지면 뒤를 잡고, 포위 후
섬멸할 생각이었다. 이화매는 이번 전투가 매우 중요하다고 생각
했다.

조선의 전화.

처음에는 속절없이 밀릴 거라고 생각했다. 그리고 실제 전쟁
초기에는 예상처럼 흘러갔다. 하지만 지금은? 조선 전역에서, 군,
민간에서 반격의 개가를 울리는 영웅들이 탄생하고 있었다. 작
전부가 내놓은 예측이 틀리는 순간이었다.

'게다가 어마어마한 무장이 조선 북부에서 출현했다고 했어.'

이화매는 얼마 전 받은 조휘의 서신에서, 그가 자신과 동일한
역량을 지닌 것으로 보이는 조선의 장군을 마주했다는 얘기를
들었다.

'게다가 그가 끝이 아니지……'

조선 전역에 깔아놓은 비선을 통해 날아드는 정보에 따르면, 민간에서부터 영웅의 출현이 잦아지고 있었다.

이화의 사형이라는 강상현. 조선의 북부, 평안도를 기점으로 소서행장을 몰아쳐 결국은 평양성까지 도망치게 만든 자.

금강산(金剛山)을 거점으로 북부 전체에서 활약하고 있는 사명대사(四溟大師) 유정(惟政). 조선 남부에서 왜구를 공포에 떨게 만들고 있다는 천강(天降), 홍의장군(紅衣將軍)까지.

그 외에도 걸출한 무장들이 속속들이 들고일어나더니 조선 전역에서 승전보를 울리고 있었다.

'내가 잘못 생각했어.'

작전부도 그렇고, 이화매 스스로도 조선이라는 나라를 너무 얕잡아 봤다고 생각했다. 조선 각지에서 날아든 정보를 보면 눈부신 전공이 태반이었다. 마도가 보여준 것보다 훨씬 대단한 것들도 많았다.

영웅은 충만하게 깨어났다.

솔직히 말해 가만히 내버려둬도, 조선은 왜놈들을 몰아낼 것 같았다. 그래서 이번 전투가 중요하다는 거다.

반격의 개가를 울리는 지금, 다시금 제해권을 빼앗겼다간 왜놈들의 지원이 다시금 원활해진다.

솔직히 말해, 전쟁이 오래되었으면 하는 마음 때문에 조선 전쟁에 개입했다. 하지만 지금은 입장이 바뀌었다.

'밀어낼 수 있다면 밀어내는 게 맞지.'

그럼 왜놈들이 조선의 북부를 통해 명을 노리는 것 자체가 힘들어지니 말이다. 그러니 이번 전투, 반드시 조선이 승리해야 했다. 그럼 조선에 들어가 있는 놈들은 어떻게 될까? 압살이다. 도망치든가, 아니면 그냥 죽든가.

둘 중 하나를 선택해야 했다.

조선의 동해 쪽으로 보급할 수도 있겠지만, 아마 그것도 힘들 것이다. 이미 그곳에는 크리스티나와 아지자가 이끄는 함대를 보냈다. 크리스티나는 포격전에 능하고, 아지자는 해적 출신답게 백병전에 강했다.

절대 뚫릴 일은 없다고 생각했다.

그러니 남해만 막으면 됐다.

'네 맘대로는 안 될 거다, 풍신수길······.'

이화매는 이제 슬슬 저무는 해를 보며, 저 멀리 수평선에서 다가오는 쾌속선에 시선을 집중했다. 빠르게 다가온 쾌속선에서 촉 없는 뭉뚝한 화살 한 대가 날아들었고, 그걸 양희은이 바로 수거해 이화매에게 가져왔다. 서신에는 딱 한 문장만 적혀 있었다.

전함 사백칠십 척, 병력 칠만 출항.

어쩌면 조선의 명운을 건 해전이 다가오고 있었다.

며칠 뒤, 이화매는 드디어 조선 수군과 왜군이 대치에 들어갔다는 보고를 받았다.

"부산포라고?"

"네, 격전지는 그곳이 될 것 같습니다. 왜의 함선이 일자진을 형성하고 있다는 정보입니다."

"흠."

이화매는 짧게 탄성을 흘렸다. 현재 부산포는 우시수승(羽柴秀勝)이란 놈이 지키고 있었다. 그리고 왜에서 온 지원군도 부산포로 흘러들어 갔다. 그러니 현재 부산포는 공략하기 매우 힘든 지형이었다. 게다가 이미 알고서 대기하고 있는 상태다. 근데 그걸 알면서도 조선 수군 지휘관, 이순신은 정면 대결을 선택했다.

"대담하군."

"현재 육지에서는 조금씩 왜놈들이 퇴각할 것 같은 움직임이 나타나고 있답니다. 아마 이순신, 그가 부산포를 치는 이유는 퇴각로를 차단하기 위함이 아닐까 생각합니다."

"그렇겠지. 부산포에서 놈들을 잡아 족치기만 하면 육지의 보병들은 사방이 턱 막히게 되니까. 보급도 못 받아, 사기도 꺾여. 그러니 할 수 있는 게 없어. 모가지에 칼이 들어오는 걸 기다리는 것 빼면 말이야."

현재 전황은 급속도로 뒤집혔다.

이화매가 처음에 몇 번 보급 함대를 박살 내자 지원을 못 받은 왜군은 점차 힘을 잃었다. 특히 행용총. 악마의 무기라 할 수 있는 그것의 약점은 바로 탄, 화약, 연사 속도, 그리고 습기다.

그 약점 중 두 가지인 탄과 화약의 보급이 쉽게 이루어지지 않아서 지금은 거의 소진 상태에 이르렀다.

악마의 무기가 길쭉한 쇠몽둥이로 변해버린 것이다. 그 결과, 정복했던 땅을 되돌려주고는 함락했던 성에 틀어박혀야 했다.

머리로 하는 전쟁이 아니다.

전쟁은 어디로 튈지 모르는 꼬리에 불붙은 망아지와 비슷하다. 도대체가 어디로 날뛸지 모르기 때문이다. 즉, 전황이 어떻게 변할지는 아무도 모른다는 소리다.

이화매는 자신이 오판했음을 깔끔하게 인정했다. 전황을 뒤집을 기회를 선사한 게 바로 자신이지만, 그래도 이 정도로 급속도로 판을 뒤집어버릴 줄은 몰랐다.

"그럼, 이번에 쐐기를 박아버려야지."

왜놈들에게 있을 승기를, 아주 잘게 부술 생각이었다.

탐라도(耽羅島)를 지나친 지 한참이었다. 이제 조금만 더 가면 부산이 보일 것이다.

가는 길에 왜의 초계선이 간간이 보였으니 아마 지금쯤 우시수승 그놈도 오홍련의 일 함대가 부산으로 향하고 있다는 걸 알고 있을 것이다.

저 멀리, 희미하게 연기가 올라오는 게 보였다. 시작된 것이다, 벌써. 심장이 쿵쿵거렸다. 과연, 어떤 전투를 보여줄 것인가.

기함 춘신이 좀 더 치고 나가, 전황이 들어오는 곳에 도착했다. 이화매가 첫 번째로 본 건, 장사진(長蛇陣), 종대 형태로 포구 안으로 밀고 들어가는 조선 수군의 모습이었다.

"……."

포구의 저항으로 인해 이화매는 알아차렸다. 이미 승기가 조선 수군 쪽으로 확 기울었음을. 빨리 온다고 했는데, 시기를 늦게 잡았나 보다.

안타깝게도 전투의 시작을 못 봤으니까.

왜놈들은 배를 버리고 도망가고 있었다. 저항은 육지에서 할 모양이었지만, 조선 수군의 지휘관은 적들이 원하는 그대로 따라줄 생각은 없어 보였다. 활로 견제하는 한편, 일단 적선을 모조리 포격해 수장시키기 시작했다.

"포기했군."

그에 이화매는 이미 왜의 적장이 전투를 포기했음을 알 수 있었다. 물경 오백 척의 전함을 두고 왜 육지전을 고집할까? 답은 딱 하나다. 바다에서 적장을 이길 자신이 없었던 것이다. 그러니 아예 배를 버리고 달아난 것이다. 육지에는 왜의 병력이 압도적으로 많으니 어떻게든 막을 수 있지 않을까 하면서.

콰앙!

쾅! 쾅!

순식간에 왜가 버린 함선을 박살 내는 조선군을 본 이화매는 바로 알아차렸다.

"육지전은 할 생각이 아예 없군. 배만 집중적으로 박살 낼 생각인 거야."

"승기가 완전히 기울었습니다. 이번에도… 조선의 압승이 될 것 같군요."

양희은이 옆에 서서 흘러가는 전황을 보며 이화매의 말을 받았다. 누가 봐도 승기는 완전히 조선 수군 쪽으로 기울었다. 애초에 육지전은 포기했다. 그래서 활로 육지를 견제하며, 배만 집중 타격하고 있는 거다.

배가 없으면?

당연히 육지에 발이 묶인다.

포격이 멎었다.

오백 척 중 못해도 삼분지 일은 사라진 것 같았다. 바다 위를 떠다니는 박살 난 나무의 잔해. 멀리서 지켜보는 이화매야 전장의 기운이 느껴지지 않았지만, 예상은 할 수 있었다. 악에 받친 조선 수군과 겁에 질린 왜군.

딱 이렇게 표현할 수 있을 것이다.

포탄을 다 썼는지, 조선 수군의 진형에서 퇴각을 의미하는 기와 효시가 떠올랐고, 뱃머리를 돌리며 빠르게 전장을 이탈했다.

이화매는 시선은 조선의 수군을 좇지 않고, 아직 남아 있는 왜선들에게 박혔다.

"양 부관."

"네."

"저기 남아 있는 배들. 그냥 내버려두기엔 너무 맛있어 보이지 않나?"

"준비하겠습니다."

"연습이라도 하자고, 연습."

양희은은 바로 뒤로 돌며 명령을 내렸다.

"포격 준비! 포격 준비!"

언제나 같은 명령이었지만 준비는 역시 빨랐다. 오홍련의 일 함대 이백 척이 선회를 하며 포문을 열었다.

기함 춘신, 이안이 이끄는 부기함 화창 또한 선회한 후 포문을 열었다. 압도적인 수의 포문이 모조리 열리며 천천히 전방으로 향하기 시작했다. 사거리에 넣어 일제 포격을 가하기 위함이었다.

배의 잔해로 엉망이 된 바다를 가르며 춘신이 천천히 나아갔다. 포구가 사거리 안으로 들어오자 멈춰 서는 춘신.

이후 이백 척의 포문이 일제히 불을 뿜었다. 포구는 그렇게 사라졌고, 명운을 건 전투는 싱거울 정도로 빠르게 막을 내렸다. 물론 그렇게 생각하는 건 이화매 한 사람뿐이었다.

*　　　*　　　*

온 세상이 울긋불긋 물들기 시작했다.

대지를 태우던 태양이 저물고 선선한 바람이 간간이 불어오는 계절이 왔다. 한 해 동안 고생해서 키운 작물을 수확해야 할 시기였지만 안타깝게도 조휘가 있는 나라, 조선은 그러지 못했다.

전화(戰火).

모든 것을 앗아간 전쟁의 불길. 남아 있는 것은 단 하나도 없었다. 살아남은 사람들은 이제는 산으로, 들로 나갔다. 부양해야 할 가족, 아니면 나 자신을 위해 나무 껍데기라도 뜯어 와야 했기 때문이다.

길주로 가는 길, 조휘는 그런 광경을 쉽게 목격했다. 퀭한 눈빛은 둘째 치고, 어떻게 된 게 전부 피골이 상접한 행색이었다. 처음에는 가슴 한쪽이 시렸는데, 이제는 하도 많이 봐서 덤덤할 정도였다.

지금은 괜찮았는데, 조휘가 이 나라 사람이 아니라 가능한 것이었다. 그게 아니라면 조휘의 공감 능력이 떨어졌다든가.

'어느 쪽이든 상관없지. 지금은 할 일만 생각하면 돼.'

물론 전쟁을 끝내고픈 마음은 변치 않았다. 다만, 백성에게 신경 쓰는 것보다, 차라리 자신이 할 수 있는 일을 함으로써 전쟁을 더 빨리 끝내는 쪽으로 방향을 바꾼 것뿐이었다. 그러기 위해선 역시, 지휘관의 목을 따는 게 최고다. 자신이 할 수 있는 일은 그 정도가 전부였다.

그래서 조휘는 길주성으로 향했다.

"이거 더는 못 버티겠는데."

조휘의 한마디.

전체적인 전황은 좋다.

조선 각지에서 승전보가 울리고 있다는 걸 들은 까닭이다. 게다가 육지뿐만 아니라 바다에서도 왜를 압도하고 있었다. 이화매가 예견했던 게 아주 멋지게 틀렸다.

각 전역에서 반격의 개가가 울리고 있는데, 이곳만은 달랐다. 길주성을 포위한 가등청정의 군대는 건재했기 때문이다. 물자를 제대로 비축했는지, 딴 놈들은 모두 남하하려 하는데 이놈은 오히려 역으로 길주성을 차지하려고 애를 썼다. 그렇기 때문에 파상 공세가 이뤄졌다.

성벽, 성문 할 것 없이 망신창이가 됐고, 길주성은 지금 함락 직전까지 몰려 있었다.

"방법이 없지 않습니까? 후우, 저희끼리 뭘 할 수 있는 상황이 아닙니다."

"알아. 나도 그 정도는."

"네, 근데 이성택 장군이 움직여 줄까요?"

"움직인다. 그러면 반드시."

조휘가 본 이성택 장군은 진짜다. 진실로 백성을 생각하는. 이화매가 추구하는 목표와 같으나, 방식이 다른.

그런 사람이다.

그런 그가 길주성을 내버려 둘 리가 없었다. 그는 분명히 온다. 문제는 그가 언제 도착하느냐였다.

길주성의 상황을 보고 도건을 바로 보냈다. 그게 삼 일 전이다. 조휘가 이곳까지 오는 데 이틀 걸렸다. 그것도 말을 타고 말이다. 그럼 단순하게 계산해 보면 사 일이다.

하지만 도건이 가자마자 바로 출진하지는 못했을 것이다. 군의 출발은 그리 빨리 이루어지지 않는다. 당연히 준비해야 할 것들이 있다. 기병대 위주라도 식량, 건초 등 챙겨야 할 게 많았다. 그러니 못해도 하루는 더 걸린다고 생각하면, 아무리 빨라야 내일모레. 하지만 길주성은 지금 이틀도 버티기 힘들어 보였다.

충차 공격으로 성문은 걸레짝이 되어 버렸고, 화포로 인해 성벽은 무너지기 일보 직전이었다. 조휘가 보기엔 제대로 한 번 밀어붙이면 내일 중으로 성벽이나 성문, 둘 중 하나는 넘어갈 것 같았다.

"그러니 내일이 고비라는 건데."

"놈들의 태세를 보니, 내일 아침부터 공성을 시작할 것 같습니다."

이곳에서 거리는 멀지만, 이미 정찰은 했다. 저녁을 먹고 한참을 부산스럽게 움직이더니, 이내 잠잠해졌다. 체력을 비축하려는 의도로 보였다. 그렇다면 내일 아침, 다시금 성을 함락하기 위해 놈들이 움직일 것이다.

"근데 이해가 안 가요. 상황이 이런데 대체 왜 저렇게 길주성에 목을 매고 있을까요?"

이화가 불쑥 말을 꺼냈다.

조휘도 그 부분이 의문이긴 했다.

칠월, 무더운 여름이 시작됨과 동시에 전국 각지에서 왜가 밀리고 있는 상황인데 가등청정은 왜 길주성에 목을 매는지 이해가 되지 않았다.

"그럴 만한 이유가 있으니 그러는 것 아니겠소?"

오현의 말이었다.

조휘도 그렇게 생각해 봤다. 하지만 목을 맬 만한 이유가 떠오르질 않았다. 한참을 고민해 봤지만 이유가 떠오르지 않아 조휘는 깔끔히 포기했다. 생각나지 않는 걸 억지로 생각해 내려 정신을 고문하는 취미는 없었기 때문이다.

이후에는 조용히 각자 휴식을 취하려고 했는데, 척후를 나갔던 공작대원 때문에 휴식은 깔끔하게 부서졌다.

급하게 얘기를 전하는 공작대원.

"일단의 병력과 마차가 남문으로 나왔습니다! 현재 남하 중, 이 산의 밑을 지날 것으로 보입니다!"

"일단의 병력? 마차?"

조휘는 그 단어에서 바로 떠올릴 수 있었다. 병력은 호위고, 마차는 호위 대상이다. 그리고 내일 아침 순간적으로 벌어질 공성전. 버티지 못할 거라 계산했던 것들이 뒤따라 떠올랐다. 그러자 가등청정이 목을 매는 게 뭔지도 깨달았다.

"사람? 사로잡거나 죽이고 싶은 대상이 길주성에 있던 거네?"

"어떻게 할까요?"

"이 산 밑을 지나는 데 얼마나 걸려?"

"제가 확인 즉시 바로 왔으니 못해도 반 다경 전에는 산 밑을 지나갈 겁니다."

"가보자."

조휘는 바로 일어나 무장을 챙겼다. 그래 봐야 풍신과 쌍악이 전부였다. 조휘가 움직이자 공작대 전체가 일어나 바로 무장을 갖췄다. 애초 휴식할 때도 바로바로 움직일 수 있게 준비해 놓으니 오래 걸리지 않았다.

조휘를 필두로 공작대 전체가 산 밑으로 내려갔다.

저 멀리, 길주성 방향에서 수십 개의 횃불이 일렁이는 게 보였다. 분명 길주성을 나왔다는 호위 병력과 호위 대상일 것이다. 조휘는 손을 들어 짧게 말했다.

"홍뢰 준비. 단, 섣불리 사격하지 마라."

"······."

"······."

침묵이 흘렀다.

하지만 침묵이 곧 대답이었다.

기마 병력이라 거리는 급속도로 가까워졌다. 그리고 바람처럼 스쳐 지나갔다. 스쳐 지나가는 도중, 이화가 짧게 비명을 질렀다.

"흡! 저거! 왕실의 문장이에요!"

작지만, 벼락처럼 흘러나온 이화의 말에 조휘는 가등청정의 목표가 뭔지 정확하게 알 수 있었다.

조선 왕실의 인물.

누구인지 모르지만, 왕실의 인물을 잡는 게 목적이었던 것이다. 조선 왕실의 호위대가 지나가고, 얼마 지나지 않아 추적대가 지나갔다. 조휘는 몸을 웅크리고 숨소리조차 내지 않았다.

한순간에 판단을 했다.

'개입 불가!'

추적대가… 물경 육백은 되었기 때문이다.

저 정도의 기병대를 상대하고픈 마음은 절대 없었다. 공작대의 특성상, 기병에게는 상당히 취약했던 까닭이다. 하지만 세상사, 역시 조휘가 원하는 방향으로는 흘러가지 않았다.

필사의 도주 중이던 조선 왕실의 호위 병력이 갑자기 달리던 걸 멈추고 산을 타기 시작했던 것이다.

제47장
조선의 왕자

조휘도 갑자기 조선 왕실의 호위 병력이 진로를 바꾸는 걸 보고 있었다.

"아, 진짜……."

그리고 단숨에 짜증이 잔뜩 담긴 탄성이 흘러나오게 만들었다.

"대주!"

중걸이 짧게 조휘를 불렀다.

선택해야 되는 순간이다. 이대로 바로 평야를 달려 도망치든가, 아니면 개입하든가.

하지만 조휘는 이미 마음을 정했다. 개입하지 않기로. 산으로 올라갔으니 공작대가 활동하기에는 아주 좋아졌지만, 문제는 도주였다.

만약 후속 병력이 있으면?

숨어 있던 산은 크지 않았다. 그렇다고 어디 동네 뒷산도 아니었지만, 병력 이천이면 충분히 포위하고도 남을 산이었다.

"일단 이탈한… 음?"

소맷자락을 잡는 손이 있었다.

이화였다.

그녀는 살짝 입술을 깨물고 조휘를 올려다보고 있었다. 조휘는 그 시선에 인상이 찌푸려졌다. 간절함은 아니다. 애원하는 것도 아니다. 하지만 그녀의 눈빛은 도와주세요, 하고 확실히 말하고 있었다.

"위험합니다."

"알아요. 하지만……"

"당신의 선택으로 인해 우리 모두 여기서 뼈를 묻을 수도 있습니다."

"……"

냉정하게 잘라 말하자 이화는 침묵했다. 스르륵, 소맷자락을 잡았던 손이 떨어져 나갔다. 짧은 대화였지만 수긍한 것이다. 고집을 부릴 때가 아니라는 것도 깨달았다. 다행이었다. 더 이상 시간을 소비하지 않아서.

"최대한 이탈한다."

"……"

"……"

이번에도 낮은 침묵으로 대신 답하는 공작대.

조휘가 먼저 산기슭에서 내려와 어둠에 잠긴 초원을 내달렸다. 그 뒤를 공작대가 바짝 달라붙었다. 시꺼먼 무복을 입어 어둠에 동화됐다. 하지만 꾸물거리는 형체까지는 숨기지 못했다. 조휘는 숨이 턱 끝에 차오를 때까지 달렸다.

호흡을 조절했는데도 숨이 차오르자, 그는 슬슬 멈추려 했다. 못해도 반 시진은 달린 것 같았다.

마찬가지로 이번에도 산속에 들어가 멈추었다.

"후우……."

조휘가 손을 들자 공작대가 일제히 멈춰 쪼그라든 폐에 신선한 공기를 집어넣었다. 후우, 후우, 후우……. 조휘도 마찬가지였다. 목구멍까지 숨이 차올라 숨이 넘어갈 것 같았다. 아니, 단련된 육체가 아니었으면 벌써 꼬르륵 넘어갔을 것이다. 그만큼 속도를 높여 달렸기 때문이다.

조휘는 군장을 풀고, 바로 옷을 갈아입었다. 땀에 푹 젖은 옷을 그냥 입고 있다간 고뿔에 걸려도 아주 단단히 걸릴 것이다. 옷을 갈아입고 이제 좀 쉬나 싶었지만 이번에도 그러지 못했다.

"대주, 일단의 무리가 산 밑으로 향하고 있습니다."

"아……."

반 시진 전 들었던 말과 똑같았다. 조휘는 있는 대로 인상을 썼다. 뭐 이리 상황이 더럽게 꼬이나.

"복장은? 확인했나?"

"어두워서 잘 못 봤습니다. 횃불도 없이 우리처럼 어둠을 뚫고 달려온 것 같습니다."

"미치겠네, 진짜."

하아…….

답답한 한숨을 흘린 조휘는 머리를 벅벅 긁었다. 그런 조휘를 모두가 바라봤다. 대주는 조휘다. 그러니 그가 어떤 결정을 내릴지 주목하고 있었다.

"체력은?"

"옷 갈아입은 지 얼마 되지도 않았습니다."

조휘는 위지룡의 대답에 고개를 끄덕였다. 그럴 거라 생각했다. 자신도 솔직히 몸이 조금씩 나른해지고 있었기 때문이다. 이럴 땐 따뜻한 곳에서 잘 먹고 쉬는 게 최고다. 하지만 일단의 무리가 누구인지 파악해야 했다.

적이라면?

당연히 상황을 봐서 죽이든가, 다시 내빼든가 둘 중 하나를 골라야 했다.

"인원은?"

보고한 공작대원을 보자, 그에게서 이십입니다, 하고 짧은 대답이 들려왔다.

"이십. 조선인지, 왜놈인지는 아직 파악하지 못했고. 당장 우리는 빠질 수 있는 상황도 아니고."

체력이 간당간당한 상태에서는 뭘 하든지 독이 된다. 전투는 전투대로 독이고, 다시 도망을 가는 것도 그만큼 체력적으로 부담이 된다. 그러니 뭘 해도 독이다. 아, 쉬는 것 빼고. 그러니 조휘는 이 순간에도 파악해야 했다. 선택을 해야 했다.

"위지룡, 은여령, 따라와. 나머지는 모두 움직일 준비를 하고 대기. 호각을 길게 불면 뒤돌아보지 말고 남하해라. 두 번 끊어 불면 포위망 구성이다. 오현, 중걸이 잘 이끌고 상황 봐서 안 좋다 싶으면 단천성까지 빠져."

"알겠습니다."

"알겠네."

두 사람의 답을 들은 조휘는 바로 밑으로 내려갔다. 밑으로 내려가니 경계를 서고 있던 공작대원이 조휘를 기다리고 있었다.

"어디야?"

"길주성 방향입니다."

먼 거리임에도 정확하게 알 수 있던 건, 확인을 하고 뒤로 계속 빠졌기 때문이다. 바로 밑에서 확인했으면 분명 늦었을 거다. 그래서 공작대의 경계는 항상 이랬다.

"말을 탔나?"

"아닙니다. 도보로 오고 있습니다. 하지만 굉장히 빠르게 다가오고 있습니다."

"그래, 올라가. 올라가서 대와 함께 움직여."

"네."

경계를 서던 공작대원은 빠른 걸음으로 산을 타고 올라갔다.

조휘는 공작대원이 가리킨 방향을 주시했다. 공작대원이 기다리고 있던 곳이 애초 몸을 숨기기 좋은 곳이라 따로 움직일 필요는 없었다.

무리는 금방 보였다.

빛도 없이 다가오지만, 이미 어둠에 동화된 눈은 꾸물거리는 어둠을 포착했다. 조휘는 긴장했다. 스물 정도 된다고 했다. 만약 왜놈들이면? 봐서 칠 생각이었다. 탈주병이면 공격이고, 그

외라면 피할 생각이었다. 괜히 작전 중인 놈들을 쳤다간 골치 아파질지도 모를 테니 말이다.

헉, 헉헉!

숨소리가 들려왔다.

그리고 코끝으로 스며드는 혈향.

북풍의 영향을 받아 날아온 혈향이 예민한 조휘의 후각에 잡혔다. 게다가 굉장히 짙었다. 한 사람에게 나는 혈향은 절대 아니었다. 이 정도면 전원이 부상을 입었든가, 피칠갑을 하고 있든가, 분명 둘 중 하나였다.

'조선군이군.'

조휘는 거기서 무리의 정체를 파악해 냈다. 만약 왜놈들이면 소수로 남하할 리 절대 없었다. 가더라도 본대가 있는 길주성으로 가야 했다. 그런데 이놈들은 남하하고 있다. 이유는 무조건 도망일 것이다.

"헉! 허억! 허억!"

선두에서부터 들려오는 격렬한 숨소리. 폐를 쥐어짜며 억지로 달릴 때 나오는 그런 소리. 딱 봐도 한계에 도달해 있었다.

"헉! 사, 산으로 올라간다!"

아직은 알아들을 수 없는 조선말. 하지만 많이 들었던 '산'이란 단어는 이해할 수 있었다. 그것만 이해해도 전부를 이해한 것이나 다름없었다. 조휘는 저 무리의 너머, 어둠을 노려봤다.

"은여령, 추적대는?"

"아직 기척은 없어요."

자신보다 더 기척에 예민한 은여령에게 확인을 한 조휘는 품에서 호각을 꺼내, 짧게 두 번 끊어 불었다.

삑, 삑.

날카롭게 울려 퍼지는 소리.

그 소리에 막 산의 입구로 들어서던 무리가 우뚝 멈췄다. 정적을 깨는 소리이니 멈추는 게 당연했다.

"……."

"……."

그리고 잠시간의 정적 뒤, 빠르게 그 자리를 이탈, 수풀로 몸을 던져 숨었다. 처음에 멈칫한 것 빼면 나름 신속한 대처였다. 조휘는 좀 더 기다렸다. 공작대가 넓게 포위망을 구성할 시간을 준 것이다.

물론 전투를 위해 포위망을 형성하는 건 아니었다. 일단 이야기는 해본다. 길주성에서 나왔을 테니 얘기를 해서 나쁠 건 없었다. 그러나 만약 잘못되면? 별수 있나, 싸워야지. 포위는 그걸 위한 대비였다.

조휘는 길주성 방향의 어둠을 다시 한 번 노려봤다. 여전히 걸리는 건 없었다. 잠시 더 기다리다가 은여령의 귀에 대고 작게 소곤거렸다.

"주시하다가 추적대가 오면 말해줘."

"네."

조휘는 그렇게 말하고 무장을 점검했다. 이후 이화를 보고 다시 말을 건네려는데, 어둠을 뚫고 먼저 상대의 목소리가 날아들었다.

"누구냐."

"……."

젊은 사내의 목소리였다.

그 소리에 잠깐 침묵했다가, 이화를 보는 조휘. 이화도 이미 조휘를 보고 있었고, 조휘는 고개를 끄덕였다.

"누구냐. 숨어 있지 말고 나와라……."

끝말이 살짝 흔들렸다.

물론 조선말이라 알아듣진 못했지만, 어조는 파악했다. 묵직한 한마디였고, 이리의 울음소리처럼 흔들렸다.

상처 입은 맹수.

조휘가 어조에서 느낀 감정이다.

"이화, 대답해."

"네."

조휘의 말에 이화가 몸을 여전히 숨긴 채 말문을 열었다.

"우리는 명의 오홍련에서 온 사람들이에요. 저는 설이화, 태극도문의 제자입니다."

딱딱한 소개였다.

"……."

"……."

조휘 쪽도, 그리고 상대 쪽도 잠시 침묵했다.

"오홍련, 태극도문이라. 너무 상반되는 조합이군."

"현재 평안도 의병대장이 제 사형 되세요."

"호, 그런가. 상황이 이러니 증거를 보고 싶다. 태극도문의 제자라면 당연히 도문을 증명하는 패가 있을 터. 이쪽으로 던져라."

"네, 잠시."

이화는 바로 품에서 동그란 패를 꺼내 목소리가 흘러나오는 방향으로 던졌다. 휘리릭, 날아간 패는 턱, 소리를 내며 사내의 손에서 멈췄다. 이후 다시 짧게 침묵이 흘렀다. 사내는 패를 확인, 조휘는 기다렸다.

"확인했다. 나가도록 하지. 그쪽도 모습을 드러내 주겠나."

"네."

바스락거리는 소리가 나더니, 수풀을 뚫고 목소리의 주인이 나섰다. 조휘는 수신호로 위지룡에게 대기하라고 전한 다음 이화와 함께 움직였다. 사내의 뒤로는 스무 명이 전부 나와 있었다.

"일단 위로 가자고 해."

"네."

이화가 조휘의 말을 통역했고, 조휘는 바로 걸었다. 그러자 사내가 조휘의 옆으로 두세 걸음 떨어진 곳으로 오더니 나란히 걸었다. 상대와 간격을 맞춘다. 조휘는 제법이라고 생각했다. 어차피 기습을 해봐야 뒤에 있는 이화에게 막히겠지만, 그 이후는 모조리 꼬치가 된다. 이미 공작대가 원을 그려 포위망을 형성했기 때문이다. 사내는 예리한 눈으로 사방을 살폈다. 어둠이니 사물을 확인하는 게 아닌, 기척을 잡아내려는 의도였다.

"태극도문의 제자여."

"네."

"도를 잡은 내 손이 지금 덜덜 떨려서 그러니, 이 친구에게 겨누고 있는 촉(鏃)을 치워 달라고 해주겠나?"

"…네."

호오.

이화에게 전달받은 말에 조휘는 사내를 다시 볼 수밖에 없었다. 사내는 정확히 촉을 치워 달라고 했다. 숲의 어둠에 묻혀 있는 홍뢰를 찾아낸 것이다.

'아니, 상황이 이러니 아마 유추해 낸 거겠지.'

그렇다 해도 대단하다. 이 상황에도 그렇게 머리가 돌아간다는 게.

게다가 그때 나온 것을 봐도 포위한 것을 이미 알고 있었던 것 같았다. 그리고 그 순간, 적이라면 가망이 없다는 걸 그 짧은 순간 파악하고는 대화를 걸어온 것이다.

대화를 건 행동 자체가 활로를 찾는 수단이었다는 소리다. 하지만 그만큼 사내가 대단하다고 해도…….

"불가하다고 전해. 안전이 확보되기 전까지는."

"네."

이쪽도 이쪽 나름의 사정이 있었다.

저쪽의 사정은 이쪽에서 봐줄 게 아니라는 소리였다.

산 중턱까지 올라가고 나서야 멈추는 조휘. 불을 피우라는 말에 공작대가 스르륵 나와 군데군데 불을 피웠다.

숲이 우거진 곳이라 이 정도의 불빛은 아마 들키지 않을 것이다.

불을 피우자 무리의 행색이 보였다.

전체적으로 전형적인 조선 무관의 복장이었다. 하지만 사내의 복장은 좀 달랐다. 뭔가 기품이 있어 보였다.

틀어 묶은 머리에 영웅건.

볼에 난 한 줄기의 검상.

다부진 입매.

부리부리한 눈빛.

하지만 이제 보니 사내라고 보기에는 얼굴이 굉장히 어려 보였다. 꼬질꼬질한 때가 잔뜩 묻어 있어도 조휘의 눈길을 피할 수는 없었다.

'약관은 넘었으려나?'

아마 약관을 기준으로 왔다 갔다 할 것 같았다. 덩치는 조휘만큼이나 크고 목소리도 그렇게 걸걸한데, 외모는 정반대로 어려 보이니 괴리감이 스쳐 지나갔다.

사내, 아니 청년도 조휘의 면모를 살피고 있었다. 조휘가 대장이라는 걸 파악한 것이다. 서로 한참을 살피다가 먼저 입을 연건 청년이었다.

"나, 이혼(李琿)이오."

이번에 날아온 건 정확한 한어였다. 왜 조선어로 지껄였는지, 잠깐 고민하다가 조휘는 자신을 소개했다.

"진조휘다."

"진조휘, 혹 강상현과 같이 소서행장의 팔다리를 잘라냈던?"

"……."

대답 없이 고개만 끄덕이는 조휘.

그때 이화가 조휘의 소매를 잡으며 귀에 속삭였다.

"이혼, 조선의 왕자예요."

"왕자?"

"네, 광해군이라 불리는."

"……."

조휘는 이화의 말을 듣고 다시 시선을 돌려 이혼, 아니 광해군을 바라봤다. 부리부리한 인상. 하지만 호랑이를 닮은 상은 아니었다. 그보다 훨씬 거칠고, 탁한 느낌. 그리고 비정한 느낌이었다.

'이리.'

틈을 보이면 그대로 아가리를 들이밀어 살을 물어뜯을 이리를 닮았다. 이런 놈들치고 제대로 된 놈을 조휘는 본 적이 한 번도 없었다. 어떻게 그리 잘 아냐고 묻는다면, 조휘가 딱 저랬기 때문이다.

그의 시선은 시종일관 조휘에게 닿아 있었다. 손도 바로 칼을 뽑을 수 있는 위치에 가져다 댄 상태.

"그대는 우리의 적이오?"

"아니, 그대가 그 칼을 뽑지만 않으면 적은 아니겠지. 혹시나 해서 묻는데, 나올 때 들켰나?"

"잘 모르겠소."

광해군은 고개를 살짝 저었다.

조휘는 광해군에게 길주성의 상황을 좀 들을 생각이었다. 그래야 가등청정이 어떻게 움직일지 유추할 수 있기 때문이다. 어차피 내일 아침이면 전면전이 벌어지겠지만 그래도 모르는 것보다는 낫다.

성문을 열고 필사의 탈출을 할 때와 옥쇄를 각오했을 때의 움직임은 분명 다를 테니.

"앉지?"

"……."

조휘가 먼저 모닥불에 앉아 자리를 권하자, 주변을 스윽 한 번 훑어보더니 조휘의 정면에 앉는 광해군.

그의 뒤를 호위들이 주르륵 감쌌다. 반대로 그들의 주변을 공작대가 감싸고 있었다. 시기가 시기인지라 서로에 대한 의심의 끈을 조금도 놓지 않은 모습이었다.

"듣고 싶은 게 있다."

"그 전에 내가 먼저 묻고 싶은 게 있소."

피식.

주도권은 조휘가 잡고 있었다. 그런데 이렇게 나온다? 그걸 봐 줄 조휘가 아니다.

"분명히 얘기하지만 우린 적이 아니야. 그렇다고 동료도 아니 지. 그런 지금 이 상황에 그런 행동이 옳다고 보나?"

"……."

조휘의 말에 광해군의 눈빛이 착 가라앉았다. 조휘는 생각했 다. 이놈은 왕자의 신분으로 평생을 편히 살아왔을 사내는 아니 다. 딱 봐도 광해군은 거친 황야(荒野)의 냄새를 풍겼다. 바람 부 는 들판을 헤집고 다닌 이리 새끼.

길들여 지지 않은 사나운 맹수의 새끼다. 세자인 그가 왜 저 렇게 자랐는지에 대한 의문도 있지만, 그건 지금 굳이 알아봐야 도움이 안 될 의문이다.

조휘의 말에 광해군이 반응하고, 그가 반응하자 그의 호위들 도 바로 반응했다. 애초에 조휘의 말을 알아들은 것 같았다.

싸늘한 표정으로 조휘를 노려보는 무관이 보였다. 그가 호위의 대장인지 나서려는 이들을 말리고는 조휘에게 냉담한 어조로 한마디를 던졌다.

"그대가 아무리 오홍련의 인물이라 할지라도 이분은 조선의 세자시다. 동맹국의 세자에 대한 예를 갖추어라."

큭.

참으로 어이없는 말이었다.

이 자리에 이화매가 있었다면?

극단적으로 생각하면 전원 사살 명령이 떨어졌을 수도 있다. 그게 아니라면? 확신한다. 무조건 폭언이다. 그리고 조휘는 이화매만큼은 아니더라도 폭언, 독설에 일가견이 있었다.

"망국으로 몰려가는 나라의 왕자가 뭐 그리 대단하다고 나한테 예를 갖추라는 거지? 어이가 없군."

"뭐라……?"

광해군은 조용했다. 다만 사나운 눈빛만 유지할 뿐.

발끈한 건 그의 뒤에 있던 자들이었다. 살벌한 예기가 스물의 호위들에게서 풍겼다. 망국이란 단어가 만들어 낸 현상이다. 하지만 조휘는 멈출 생각이 없었다. 여기서 찍어 눌러야 주도권을 확실히 쥐고 빠르게 원하는 것만 얻고 흩어질 수 있다. 안 그러면 질질 끌 게 분명하다. 저들도 그걸 아니 이 상황에서도 저리 건방을 떠는 거다.

"기세 죽여. 상황 파악이 안 되나?"

"이놈……."

그놈의 이놈, 저놈. 지겹게 들어서 신물이 난다.

놈이 허리에 찬 칼에 손을 가져다 대는 순간, 조휘의 입이 다시 열렸다.

"그 칼, 잡으면 다 죽는다."

그 말에 우뚝, 팔의 움직임이 멎었다. 지금 말투 속에 담긴 조휘의 진심을 읽은 것이다. 그리고 실제로 진심이었다. 만약 잡았다면? 조휘가 손을 드는 동시에 아직까지 모습을 드러내지 않은 위지룡의 저격이 가해질 것이다. 그리고 공작대의 홍뢰도. 이놈들 잡는 데는 한 호흡이면 충분할 거다.

모닥불을 피워놓은 이유도 위지룡과 공작대가 표적을 쉽게 잡도록 돕기 위해서였다. 물론 휴식과 상대의 확인도 이유에 들어 있긴 했다.

어쨌든 조휘의 협박은 제대로 먹혔다.

으득! 이를 갈긴 했지만 더 이상 손을 칼 쪽으로 옮겨가진 못했다. 그걸 확인한 조휘는 다시 광해군을 바라봤다.

"질질 끌 상황이 아니라는 걸 알 텐데? 나는 길주성의 상황을 알고 싶다. 더불어 가등청정 군의 진형도."

"나는 그대의 목적이 궁금하오. 오홍련이 이 전쟁에 개입하여 얻는 게 뭐가 있소?"

호.

전쟁보다 오홍련의 행동에 궁금해하는 광해군을 보며 조휘는 의외라는 생각이 들었다. 전쟁에 도움이 될 정보가 필요치 않다는 걸 어떻게 받아들여야 될까? 왜 오홍련의 의사가 궁금한 걸까?

"내 질문부터."

"음……."

그 탄성이 흘러나올 때 짙은 갈색에 가까운 눈이 푸르스름하게 보인 건 조휘의 착각이었을까? 아니라는 생각이 들었다.

"다음 공성은 버티지 못할 것이오. 따라서 나는 성을 버리고 도망쳤고, 성주는 옥쇄를 각오하고 있소."

"……."

옥쇄라…….

피바람이 불어오는 착각이 들었다. 놈이라면 성을 함락하고 무고한 백성에게도 칼날을 들이밀 것이다. 가등청정, 그놈은 충분히 그러고도 남았다.

"내일 공성을 막을 확률은 없나?"

"힘들 것이오. 가등청정 그놈 말고 새까만 뿔을 쓴 무사가 있는데, 지모와 무력이 대단하오. 그가 나선다면 내일 전투는 필히 성문이나 성벽이나, 둘 중 하나는 무너질 것이오."

"새까만 뿔이라……. 하나인가, 두 개인가?"

"두 개요."

큭…….

공작대원 누군가가 짧은 침음을 흘렸다. 검은 뿔이 두 개나 달린 투구를 쓴 무사. 그 의미를 모르는 이는 아무도 없었다.

조휘도 반사적으로 은여령을 바라봤다. 일각도 아니고, 무려 이각(二角)의 흑각무사다.

은여령이 입술을 살짝 깨물고 있는 게 보였다. 조휘와 시선이 마주쳤는데, 그 어떤 대답도 해주지 않았다. 그건 곧 장담할 수 없다는 뜻이거나, 혹은 힘들다는 뜻으로 머릿속에서 멋대로 해석됐다.

'안 좋은데……'

아니, 안 좋은 정도가 아니었다.

소서행장의 일군에서 만났던 모리휘원. 은여령은 분명 모리휘원도 승패를 점칠 수 없다고 했다. 일격은 막았지만 그뿐이었다. 제대로 붙었으면 어떤 결과가 나올지 누구도 모른다. 하지만 제대로 붙게 하기는 싫었다. 결과를 도무지 예측할 수 없으니까.

결론은, 가등청정의 목을 따긴 극히 힘들다는 뜻이다.

"이제 내 질문에 답해주겠소?"

광해군의 질문에 조휘는 잠깐 고민했다. 상대는 자신의 질문에 착실히 답해줬다. 그냥 무시할까, 생각도 했지만, 그건 또 아니라는 생각이 들었다.

"왜가 조선을 점령하지 못하게 만드는 게 오홍련의 목표다."

"왜 그게 목표요?"

광해군은 어렸지만, 굉장히 나이 들어 보이는 화법을 구사했다. 게다가 왕자의 말투라고는 볼 수 없었다. 게다가 그의 분위기 자체도 거의 야인(野人)에 가까웠다.

"그래야 왜놈들이 명을 치지 못할 테니까."

"음… 혹시 놈들은 우리 조선을 교두보로 사용할 생각이었소?"

"그래, 조선이 점령당하면 아마 못해도 이삼 년 뒤 명과의 전쟁이 벌어지겠지."

조휘는 솔직히 말해줬다.

우린 왜와 전쟁을 피하기 위해 조선을 이용하고 있다. 돌려 말하긴 했지만, 조금만 생각해도 알아차릴 이 점을 아주 분명하게 얘기해 줬다.

"⋯⋯."

"⋯⋯."

광해군이 갑자기 눈을 가늘게 뜨고 조휘를 바라봤다. 상처 입은 이리의 눈빛이었지만, 조휘도 크게 다를 바 없었다.

"우리를 이용하구 있구려."

광해군.

이 청년은 역시 머리 회전이 굉장히 빨랐다.

"오홍련의 힘이라면 왜가 움직이지도 못하게 만들 수 있었소. 하지만 방치했지. 그리고 이제야 움직이고 있소. 이건 조선의 전화가 좀 더 오래가길 바라는 것 아니오?"

"소모전을 바라고 있다, 말하고 싶은가?"

"아니라면 뭐겠소?"

"부정하진 않지. 하지만 우린 독립 단체다. 힘은 거대하나, 집중할 수는 없지. 그건 알아줬으면 좋겠는데."

"그래도 부정은 안 하는군."

피식.

말이 짧아졌다.

이걸 빌미로 대화의 주도권을 잡고 싶은 것 같았지만, 상대가 나빴다.

"우리가 안 도왔으면? 명이야 조선의 동맹국이라 의미가 있다 쳐도 우린 아니다. 오홍련은 조선과 동맹 관계가 아니야. 우리에게는 그럴 의미도 없었지. 하지만 나중에라도 나서 왜의 보급로를 끊었고, 조선이 제해권을 장악하는 데 분명 도움을 줬어. 그 이후 전쟁은 분명 조선에게 유리하게 돌아가기 시작했다."

"……."

"틀린가?"

"……."

아직은 어렸다.

조휘가 아무리 이런 대화에 익숙하지 않더라도 본 가락이 있었다.

"착각하지 마라. 오흥련의 명의 단체가 아니야. 우린 독립 단체다. 명의 황제라 할지라도, 조선의 왕이라 할지라도 내 눈앞에 있는 너도 죽이고 싶으면 죽여도 돼."

조휘의 나직한 말에 광해군의 인상이 더욱더 차가워졌다.

조휘는 그 눈빛을 피하지 않았다. 몇 번이나 말했듯이 이놈은 이리다. 약한 모습을 보이는 순간 달려들어 목줄을 물어뜯을 이리.

이런 놈의 도발은 받아쳐 줘야 한다.

그것도 아주 여유롭게.

"어이."

"……."

조휘가 상체를 숙이며 부르자, 광해군의 입매, 눈매가 동시에 꿈틀거렸다. 왕자로 태어나 받아본 적 없던 치욕일 것이다. 어이라니, 길 가던 시정잡배가 어깨를 부딪쳤다고 시비를 걸어올 때나 할 말이었다.

"원하는 게 있으면 솔직히 말해. 그리고 빌어. 그게 싫으면 주둥이를 아예 열지 말든가. 아니면 지금 이 자리에서 꺼져."

"……."

"상황을 똑바로 파악하라고, 이 새끼야."

"……."

조휘의 말투는 굉장히 공격적이었다. 게다가 진심까지 듬뿍 담겨 있었다. 솔직히 조휘는 광해군이 탈출하면서 체력을 상당히 소모했다. 한두 시진은 꼬박 걸어야 할 거리를 반 시진 만에 달려 이곳에 도착했기 때문이다. 정말 숨이 턱턱 막히도록 달렸다. 손해가 이만저만이 아니었다.

조휘의 말에 광해군은 몸을 부르르 떨더니, 이내 고개를 살짝 숙였다.

다행이었다. 광해군이 머리가 잘 돌아간다는 사실이.

제48장
마지막 침투 작전

높은 자리에 앉아 있는 놈들에게는 묘한 공통점이 있다. 모두가 그런 건 아니지만, 특정한 본능이 높은 놈들은 항상 제 살길을 하나 챙겨놓으려고 그렇게 용을 쓴다. 조휘가 지금 걸어가고 있는 곳도 그런 본능 때문에 만들어진 길이었다.

길주성 서쪽 외곽 오십 리 정도 밖, 아주 찾기 힘든 장소에 있는 동굴을 통해 들어왔다. 동굴의 폭은 넓지 않았다. 딱 한 사람이 이동할 만한 굴이다. 여인이라면 두 사람도 가능하겠지만, 조휘나 공작대원들처럼 단련된 육체를 가지고 있으면 딱 한 사람일 것이다. 그러니 줄은 당연히 주르륵, 일열 종대(縱隊)다. 최전방은 당연히 조휘고, 그 뒤는 은여령이었다.

조휘가 이곳을 어떻게 알았을까? 당연히 광해군을 찍어 누른 다음 알아낸 정보였다. 몇 마디 대답도 해주고, 마지막으로 길주성으로 들어갈 방법이 있는지 없는지 그걸 물었더니 이곳을 알려줬다.

신빙성은 있는가?

혹시 이미 알려진 개구멍은 아닌지?

상관없었다. 은여령의 뒤에 광해군이 있었으니까.

인질로 잡아온 건 아니었다. 놈은 제 발로 합류했다. 조휘가 가등청정의 목을 따러 간다니까, 호위들의 만류에도 이를 갈면서 합류했다. 그래서 덩달아 광해군의 호위도 합류했다.

총 인원은 육십이 조금 넘는 소수 정예.

조휘의 전진은 신중했다. 아직 해가 뜨지는 않았다. 급할 게 없다는 소리다. 그러니 혹시 모를 상황에 대비해 최대한 신중하게 전진하고 있었다.

현재 들어선 지 약 한 시진 정도 지났다. 긴장하고 있었더니 양쪽 어깨가 저릿저릿했다. 그런 상황인데 딱 마침 넓은 공동이 나왔다. 그리고 사방으로 굴이 뚫려 있었다. 혹시 발각되어 쫓기게 되면 적의 판단을 흐릴 목적으로 뚫어놓은 것이었다.

조휘는 공동에서 휴식을 취할 셈으로 손을 들어 이동을 멈췄다. 공작대는 바로 흩어져 휴식에 들어갔다. 각자의 식량으로 체력을 보충하고, 팽팽하게 당겼던 긴장감도 잠시 놓고 정신력 또한 회복시켰다.

조휘도 마찬가지였다.

"후우."

짧은 한숨을 내쉬고는 한쪽 구석에 기대어 앉는 조휘. 그런 그의 주변으로 조장들이 주르륵 앉았다.

털썩.

광해군이 조휘의 바로 앞에 앉았다.

"정말 잡을 수 있겠소?"

"봐야 알지."

"잘못하면 포위당할지도 모르오."

"겁나면 빠져."

조휘의 냉정한 말에 광해군은 자존심에 상처를 입었는지 또 눈매가 스르륵 내려앉았다. 아직은 어려서 그런지 표정이 얼굴에 고스란히 드러났다. 분명 범상치 않은 삶을 살아온 것 같은데, 그래도 아직은 부족했다.

물론 조휘도 저 나이 때는 범인에 불과했지만, 과거는 그냥 과거다. 현재가 중요한 법이다.

조휘도 육포를 꺼내 입에 물었다.

명과는 조금 다른 맛이 난다. 짠맛은 덜한 대신 더 부드러웠다. 조휘에게는 이게 입맛에 맞아 먹는 데 불편함이 없었다.

이번엔 육포 두 개를 뚝딱 해치운 조휘가 먼저 물었다.

"이 굴이 정말 관사로 이어진 건 확실하겠지?"

"그렇소. 관사에서 나왔으니."

"좋아."

가등청정의 암살을 노리는 방법은 사실 몇 개 없었다. 전투 중은 힘들고, 전투가 끝난 후도 힘들다. 하지만 잘 때라면? 우연이 중첩되면 필연이라고, 조휘는 이게 가등청정의 목을 딸 마지막 기회라는 걸 알았다.

"근데 놈이 정말 성주의 관사에서 자겠습니까?"

위지룡의 질문.

조휘는 잠깐 다시 생각해 봤다.

'분명 성주의 막사에서 잔다. 놈처럼 권위 의식이 강한 놈이 다른 곳에서 잘 리가 없어.'

암살 대상의 기본적인 정보는 이미 받았고, 조선에서 이미 다시 세세한 것들까지 받아 파악해 놨다.

조휘는 확신했다.

놈은 분명 성주 관사에서 잘 거라고.

"내가 봤을 때는 분명 거기서 잔다."

"전체가 돌입합니까?"

"아니, 최소 인원. 나머지는 경계. 최대한 빨리 놈의 목을 따고 돌아간다."

"흠, 어쩌면 이게 마지막 작전이 되겠습니다."

위지룡이 그렇게 대답하더니 씩 웃었다. 조휘도 그럴 거라고 판단했다. 이미 조선과 왜의 전쟁은 백중세에서, 조선쪽으로 훅 기울었다.

오홍련 작전부의 수장인 공현이 그랬었다. 이화매와 필적하는 영웅이 다섯만 출현해 줘도 전쟁은 조선의 승리라고. 그런데 그게 실제로 일어났다.

조휘가 소문으로 들은 이만 넷. 그리고 실제로 만나 본 사람이 하나. 이들의 출현은 전황을 단숨에 뒤집었다.

'아까워. 애초에 이들이 각 군을 맡고 있었더라면……'

조휘는 그 부분이 아쉬웠다.

하필이면 왜, 이들이 각 군의 지휘관이 아닌, 지휘관 휘하의 부장이었을까. 그게 정말 아깝고, 안타까웠다.

나중에 안 사실이지만 대호 이성택도 처음부터 성주가 아니었다. 그는 일개 부장이었고, 그의 상관이 무리하게 군을 운영하다가 몇 번이나 대패를 당해 결국 밀리고 밀려 단천성까지 흘러들어 갔다고 했다.

그리고 이건 극비, 비선에 의한 정보지만 이성택은 결국 자신의 손으로 무능한 상관의 목을 쳤다고 했다.

백성, 그리고 군을 지키기 위해 군법을 어긴 것이다. 그게 아깝고, 안타까웠다.

처음부터 이성택이 최고 지휘관이었다면? 그 군의 대장이었다면? 조선 전투의 초반은 결코 이렇게 흘러가지 않았을 것이다.

'대가리가 썩어서 그래. 그리고 그 악취는 백성에게만 해를 끼치는 거고.'

명이나, 조선이나.

동맹국이 아주 똑같이… 곪아가고 있었다.

그래도 다행인 게 전쟁은 생각보다 '빨리' 끝날 것 같았다. 제해권을 잡았고, 육지에서도 이미 왜놈들을 마구 몰아붙이고 있었다.

주력이라 할 수 있는 왜의 조선 정벌군 중 일, 이, 삼군만 밀어내면 전쟁은 끝날 것 같았다. 그러기 위해 가등청정의 목은 필수였다. 소서행장은 강상현이, 남은 이들은 조선 각지에서 일어난 '영웅'들이 해결해 줄 것이다.

"진 대주."

은여령이 오랜만에 조휘를 불렀다. 언제나 듣고만 있던, 호위

무사처럼 굴던 이가 어쩐 일로 불렀을까?

"왜?"

"돌아가면 뭘 할 건가요?"

피식.

그 질문에는 헛웃음이 났다. 돌아가면 뭘 할 거냐고? 아직 돌아가지도 않았다. 그리고 돌아가는 건 공작대만이다.

"난 안 돌아가."

"네?"

은여령이 고개를 획 돌렸다. 거기에 더해 공작대 전체의 시선이 주르륵 조휘의 얼굴에 달라붙었다. 당연한 반응이지 않을까 싶었다. 가장 최근 받았던 정보에는 근 시일 내 귀환 명령이 떨어진다고 했다.

그럼 다 돌아가는 거 아닌가?

물론 그래야 하지만, 조휘에게는 해야 할 일이 있었다.

'왜 내가 여기서 이 지랄을 하고 있는데……'

처음에야 등을 떠밀렸지만, 출발 직전에는 복수심이 발동했다. 이유야 당연히 하나다. 적무영, 그 개새끼.

그 새끼 때문에 조휘의 마음이 진지해진 거다. 신뢰에 대한 보답은 해주고, 할 일은 반드시 한다.

아니, 할 일 정도가 아니다. 그걸 못 이루면, 이번 기회를 놓치게 되면 또 언제 놈을 만날 수 있을까?

조휘는 본능적으로 느끼고 있었다.

'이번이 어쩌면……'

이미 한 번 만났었다.

남사 제도의 작전 때 만났던 놈의 얼굴을 아직도 잊지 못했다. 놈은 분명 끝에 웃었다. 그 웃음, 이번엔 반드시 찢어놔야겠다고 남모르게 하루에도 수십 번씩 다짐했다. 그러니 조휘는 안 간다.

"그럼 저도 남겠어요."

단호한 은여령의 한마디.

"저도 남겠습니다."

"나도 안 갈랍니다."

은여령의 말 뒤로 바로 위지룡과 장산의 말이 경쟁이라도 하듯 따라붙었다. 이제는 공작대의 인원이 조휘를 바라보는 게 아니라 노려보고 있었다. 마치 그게 뭔 개소리냐는 듯이. 광해군과 그의 호위들만 무슨 소린지 몰라 고개를 두리번거릴 뿐이었다.

그런 공작대에게 조휘가 나직하게 한마디 던졌다.

"고집들 부리지 마라. 니들은 오홍련의 대원이야. 내가 할 일은 내 개인적인 것이고. 그리고 극히 위험한 일이 될 거다. 나도 그놈을 잡을 때는 지금까지처럼 신중할 생각은 절대 없으니까."

"후우, 진 대주, 잠깐 얘기 좀 하겠나?"

도건은 없고, 중걸이 있었지만 그는 막 일어나려다 오현의 손짓에 막혀 다시 앉았다. 조휘는 대화가 필요하다 생각했다. 작전 중 이런 대화를 나누는 건 솔직히 안 좋다. 하지만 이미 말이 나온 마당이다.

괜히 뒤로 밀어서 찝찝하게 작전을 뛰는 것보다 차라리 깔끔하게 해결하고 편안한 마음으로 작전에 집중하는 게 훨씬 좋다.

왔던 굴로 다시 좀 들어가는 조휘와 오현. 둘의 뒤를 은여령이 따랐다. 적당히 거리가 멀어지자 오현이 먼저 입을 열었다.

"귀환 명령이 내려지면 공작대만 보낼 생각인가?"

"그래야겠지. 아무리 생각해 봐도 공작대를 내 복수에 이용하는 건 용납이 안 돼."

"이용이라니. 자넨 대주고, 저들은 대원이야. 함께하는 건 당연한 일일세."

"그 정도야 알지. 하지만 공작대도 이미 피해를 입었어. 보라고, 마흔여덟이 넘어와서 이제는 채 마흔도 안 돼. 더 이상 피해를 입어서는 안 돼. 안 그래도 인원 충원도 힘든 마당인데."

조휘가 손가락으로 공동을 가리켰다.

이미 조선에서 작전을 펼치며 열이나 죽었다. 그것도 소서행장의 팔다리를 잘라내는 단 한 번의 작전에 그 정도의 피해를 입었다. 전공이야 뭐, 말할 것도 없이 최고였지만, 피해는 없을 수가 없었다.

조휘는 본능적으로 느끼고 있었다.

적무영 그 새끼의 목을 따는 건 첫 번째 작전이나, 지금 실행할 작전보다도 더 위험할 거라고. 그 본능의 속삭임을 조휘는 부정하지 않았다. 그렇기 때문에 공작대와 함께하는 걸 거부했다.

이렇게 마음먹기 전까지 같이하자, 하나같아. 이런 속삭임은 무수히도 많았다.

"그리고 소수 정예가 더 편해."

"……"

오현은 조휘의 이 말에는 답하지 않고 시선만 맞췄다. 진의를 파악하기 위해서였다.

오현의 시선은 부담스러울 정도였다. 하지만 조휘는 시선을 피하지 않았다. 이건 사실 꽤 생각했었다.

이런 마음을 가지게 된 결정적인 이유도 당연히 있다. 앞서 말한 것들도 동행을 거절하는 이유인 건 맞지만.

'누구에게도 보이고 싶지 않아.'

이게 진짜였다.

조휘는 방원과 적운양을 그렇게 짓뭉개고, 정신까지 탈탈 털어 박살 냈다. 그런 그가 적무영의 복수라고 쉽게 할 것 같나? 절대 아니었다. 진짜 끝장을 볼 생각이었다. 방원과 적운양에게 했던 것보다 수십, 수백 배 잔인하게 해줄 작정이었다.

오현은 이제 시선을 돌리고 고개를 절레절레 젓고 있었다. 그러다 포기한 것처럼 한숨을 내쉬고는 입을 다시 열었다.

"진 대주도 참 고집이 세단 말이야."

"훗, 그건 부정하지 못하겠군."

"근데."

오현이 다시 시선을 들었다.

"……"

"진 대주를 호위하란 명령을 받은 건 은 소저뿐만이 아닐세."

"음?"

혹시?

조휘에게 그런 마음이 드는 순간, 오현이 피식 웃더니 말을 이었다.

"나도 받았네."

"음……."

"공작대가 전멸해도, 자네만은 살려 돌아오라고 했다네."

"이거야, 원……."

좋게 생각하면 그만큼 이화매가 조휘를 아끼고, 신뢰한다는 소리로 이해되겠지만, 반대로 생각하면 강가에 내버려 둔 애 취급을 받고 있었다. 웃기지도 않은 일이었다.

두드드.

조휘가 뭐라 말을 꺼내려고 하는데, 아주 시기 좋게 천장이 미약한 진동을 시작했다. 조휘는 물론 오현, 은여령의 시선이 단번에 천장으로 향했다. 그리고 사이좋게 침묵했다가 거의 동시에 입을 열었다.

"시작했군."

"시작했어."

"시작됐어요."

다 똑같은 말이었다.

굳이 똑같은 말을 꺼낸 건 이제 이 대화를 마무리해야 하기에 돌려 말한 것이었다. 조휘는 여기서 귀환 명령에 대해 마무리하려고 했다. 하지만 지상에서는 이미 수천, 수만의 운명을 결정할 전투가 시작되었다. 이런 상황이니 조휘는 원하는 바를 이루지 못했고, 바로 공동으로 돌아왔다.

모두 각자의 무구를 정비하고 있었다.

진천뢰, 홍뢰 등등.

각자의 근접 무기도 점검을 시작했다. 조휘도 마찬가지였다. 풍신, 쌍악을 점검한 뒤, 진천뢰, 그리고 이번에 보급받은 홍뢰도 다시 점검하고 이미 움직일 준비를 마친 공작대를 돌아봤다.

"가자."

한마디 후에 조휘를 선두로 다시금 이동이 시작됐다.

두드드드드!

파스스스스!

대지의 진동에 떨어지는 먼지와 돌 부스러기를 맞으며 이동한 조휘와 공작대가 멈춘 곳은, 성주 관사의 바로 아래였다.

무너지는 줄 알았다.

사방이 뒤흔들렸고, 이러다 이 개구멍이 함몰되는 게 아닌가 할 정도로 거셌고, 마치 억겁처럼 느껴질 정도로 오래 지속됐다. 한두 시진도 아니고, 거의 반나절이 넘도록 계속된 진동은 정확하진 않지만, 못해도 해가 떨어질 때쯤 멎었다.

그 긴 시간 동안 숨죽이고, 이를 악물고 버텼다. 저 위, 어떤 일이 벌어지고 있을지 명확하게 예상이 갔기 때문이다.

그건 조휘뿐만 아니라 공작대 전체가 알고 있었다. 그래서 그 누구도 입을 열지 않았다. 정말 한 명도 입을 열지 않고 침묵을 유지한 채 기다렸다.

속과 머리가 뒤틀리는 기분.

경험하지 못한 자들은 절대 이해하지 못할 기분.

그렇다고 바로 움직이지도 않았다. 진동이 멎은 다음, 다시 거기서 하루를 더 버텼다. 당장 움직이면 들통날 확률이 너무 높았기 때문이다. 보통 전투가 한 번 끝나면 군을 재정비한다. 이건 빠르면 하루, 길면 몇 날 며칠이나 걸리는 작업이다. 군량부터 시작해 병기와 부상자, 가용 병력까지, 전체를 다시 점검하기 때문이다.

게다가 전장의 광기가 수그러들 시각이 필요했다. 바로 올라가 봐야 피에 젖은 미친 악귀들만 득실거릴 것이다. 그 광기도 길게는 안 간다. 흥분은 언제고 가라앉기 마련. 그걸 아니까 조휘는 움직이지 않았다. 조휘가 움직일 마음을 먹은 건 딱 일주일이 지났을 때였다.

그 일주일 동안 잦은 회의를 통해 각각 장소, 임무를 정했고, 작전 제한 시간도 철저하게 계산했다.

모든 준비는 오늘 아침에 끝났다. 그리고 이제는 올라갈 시간이었다.

조휘는 따로 모아놓고 말하는 것도 생략하고, 바로 움직였다. 이번에도 조휘가 전방을 맡았다. 광해군이 뒤에서 길을 알려줬고, 그 안내를 따라 반 시진 정도 더 움직이니 계단이 나왔다.

"올라가면 바로 성주 관사의 우물 밑이오."

"우물?"

"아, 말라버린 우물이니 신경 쓰지 마시오. 거기서 다시 통로를 통해 관사 뒤 창고로 올라갈 수 있소."

"……."

고개를 끄덕인 조휘는 문고리를 잡아 문을 열었다. 이미 광해군이 나오며 한 차례 열어서 그런지 쇠로 된 문은 큰 저항 없이 열렸다.

그으으윽.

인기척은 없었다. 비밀 문을 연 조휘는 쌍악을 뽑아 들고 바로 뛰쳐나갔다. 그 뒤로 은여령, 광해군이 나왔고, 광해군이 바로 우물 바닥의 벽면 한쪽을 힘껏 밀었다. 그러자 이번에는 더 좁은 공간이 나왔다.

어둠이 아가리를 쩍 벌리고 있는 느낌을 받았지만 조휘는 거침없이 안으로 들어갔다. 감각이라면 자신 있었다. 극도로 곤두세운 감각에 걸리는 것도 없었고, 자신보다도 예민한 은여령도 조용히 하고 있었다.

두 가지를 합치면 주변에 적은 없다는 뜻. 하지만 그래도 긴장의 끈은 놓지 않았다.

창고까지 도착하는 데는 그리 오래 걸리지 않았다. 도착해서 보니 이번에는 나무 문이었다. 조휘는 고리를 잡고 은여령을 한차례 바라봤다.

"……."

"……."

잠시 시선이 마주치자 은여령이 고개를 슬슬 저었다. 아무것도 느껴지지 않는다는 뜻. 조휘는 반대로 고개를 끄덕이고는 손가락으로 셋을 센 후, 문을 열었다.

끼이이익.

이번에는 철문과는 정반대되는 소리가 났다. 조휘는 문을 끝까지 열고 살금살금 기어나갔다.

그러자… 훅 들어오는 혈향.

어찌나 심한지, 반사적으로 코를 막고 인상을 찌푸릴 정도였다. 주변에서 느껴지는 냄새였다. 조휘는 일단 횃불을 돌려 문을 찾고, 그쪽으로 움직였다. 주르륵 나와 주변을 경계하는 공작대와 광해군의 호위들.

손발을 맞춰 보진 않았지만, 어쩔 수 없었다. 광해군만이 이곳의 지리를 알고 있었으니까. 그래서 애초에 조휘는 조장들을 불러놓고, 저들에게 큰 기대를 하지 말라고 주의를 준 상태였다. 어쨌든, 그건 이제 접어두고… 시작할 시간이었다.

정확하게 시기를 잡았다. 밖은 어두컴컴했다. 소수의 경계병을 제외하고는 모조리 자빠져 자고 있을 상황이다.

게다가 일주일이나 조용했으니, 광기는 물론 경계심도 상당히 풀렸을 터, 지금만큼 작전을 실행하기 좋은 시기도 없었다.

조휘는 문고리를 잡고 천천히 밀었으나 문은 쉽게 열리지 않았다. 아귀가 딱 맞았는지 굉장히 뻑뻑했다. 결국 두 손으로 잡고 밀자 열렸다.

끽, 끼익, 끼이이익.

고장 난 도르래가 돌아가는 것 같은 소리가 났다.

"큭……."

그리고 반사적으로 신음을 흘렸다. 소리 때문에? 절대 아니다. 창고는 장난이었다. 문을 열자 코를 찌르는 악취가 그대로 후각을 기습했다. 정말 웬만한 상황은 다 겪어봤다고 자부하는 조휘가 신음을 흘릴 정도였다.

조휘는 순간적으로 문을 다시 닫고 싶어졌다. 도대체 문 너머에서 무슨 일이 벌어졌던 건지, 그걸 두 눈으로 보는 게 무서웠다.

욱.

우욱.

조휘만 그런 게 아니었다. 흘러들어 온 악취에 광해군, 그의 호위들은 물론 공작대까지, 전체가 반응했다.

한 뼘 정도 열었을 뿐인데도 이런 반응이 나왔다.

으득!

'이 개새끼들……!'

이런 냄새, 익숙하긴 했다. 처음 맡아본 냄새는 절대 아니었다. 이건… 시취(屍臭)였다. 시체가 썩을 때 나는 냄새가 분명했다. 근데… 이 정도로 지독한 시취는 조휘도 처음이었다.

후각이 마비되다 못해, 몸이 중독되는 느낌. 진짜 그 정도였다. 하지만 아무리 시취가 지독하다고 해도 안 나갈 수는 없는 노릇이었다. 이미 여기까지 온 마당이다. 작전은 무조건 강행이었다.

끼이이익.

이윽고 조휘는 문을 끝까지 열었다.

시취는 더욱 지독해졌다.

죽음이… 끝없이 펼쳐져 있는 대지가 시선에 들어왔다. 달빛, 군데군데 피워놓고, 걸어놓은 불길에 지옥이 된 길주성의 관사가 눈에 들어왔다.

"……."

"……."

할 말이 있을까?

없었다.

비도덕적? 비인간적? 비윤리적?

아무것도 따지지 않기로 했다.

조휘는 광해군에게 미리 받은 지도를 통해, 목표의 위치를 잡았다. 사실 잡을 것도 없었다. 바로 보였으니까. 저 멀리, 그 어떤 것보다 우뚝 선 전각이 보였다. 조휘는 풍신이 제대로 매달려 있는지 확인한 후 쌍악을 다시 뽑아 들고 드디어 발을 뗐다.

사사삭.

조휘는 상체를 숙여 주변을 파악한 후 바로 전각의 그림자로 숨어들었다. 그 뒤를 은여령이 따라붙었다.

고개를 빠끔 내밀어 보니 저 멀리 두 놈이 킬킬거리면서 걸어오는 게 보였다. 경계조일 거다.

이곳은 외성이다.

성벽, 내성, 외성으로 나누어진 구조.

깊숙한 곳이라 경계는 오히려 느슨했다. 설마 개구멍으로 침입해 들어오는 놈들이 있을 거라고는 생각도 하지 못할 것이다.

은여령에게 수신호를 보낸 조휘는 가만히 기다렸다.

뚜벅, 뚜벅뚜벅.

설마 조휘가 숨어 있을 줄을 꿈에도 모른 채 딱 조휘에게 다가오는 두 놈. 조휘는 주변을 다시 살폈다. 다른 놈들이 있는지, 없는지.

암습을 가할 생각이니 주변에 혹시 모를 경계조가 있으면 안 된다.

조휘는 다시 은여령을 바라봤다. 그리고 발소리를 들으며 시기를 잡아줬다.

'다섯, 넷, 셋, 둘……'

하나!

조휘의 상체가 혹 숙여 모퉁이를 돌았다.

"흡!"

"에, 에?"

푹!

상체는 숙였던 그대로지만, 왼손은 이미 반원을 돌고 있었다. 그 손에 역수로 쥐어져 있던 흑악이 어깨와 목 사이를 정확하게 파고들었다.

서걱!

그 순간 조휘와 동시에 튀어나오며 휘두른 은여령의 검에 뒤에 있던 왜병의 목이 잘렸다. 지극히 깔끔한 일격.

툭.

머리가 떨어지는 소리는 어쩔 수 없었지만, 쓰러지는 놈들의 육체는 조휘가 바로 움직이며 잡아 조용히 눕혔다.

"크, 크륵⋯⋯."

조휘의 흑악에 뚫렸던 놈은 살아 있었다. 경련을 일으키며 주둥이를 뻐끔거렸지만 오래가진 못했다.

푹!

스각.

조휘의 백악이 그대로 심장을 뚫고 들어갔다가 나왔다. 그다음 어느새 다시 뽑은 흑악으로 목을 갈라버렸다.

촤악!

피가 튀었지만 조휘는 아랑곳하지 않았다. 혈향? 피로 목욕을 해도 별 냄새가 나지 않을 것이다.

조휘는 바로 백악을 뽑은 다음 내달렸다. 타다다다닷! 성큼성큼 달려간 그는 다시 전각의 그림자 속으로 숨어들었다. 그렇게 조회가 치고 나가자 공작대와 조장들이 각각 약속된 장소로 이동, 주변을 엄호하기 시작했다.

이렇게 성주의 전각까지 길을 만든다.

무리한 작전이 맞다.

하지만 조회는 공작대원을 믿었다. 이들은 이미 그 능력을 보여줬다. 능력에 경험까지. 이들을 못 믿었다면 이런 작전은 애초에 실행도 안 했을 거다.

무슨 일이 벌어졌는데, 그것도 모르고 또 어벙하게 다가오는 두 놈. 오는 장소가 별로였다. 전각으로 붙어 왔으면 좀 전처럼 치겠는데, 그게 아니었다.

조회는 위지룡을 바라봤다. 그러자 그는 그 시선을 받고, 바로 고개를 끄덕이고는 바로 뒤에 있던 저격조에게 수신호를 보냈다.

조회는 그렇게 위지룡에게 그들을 맡기고, 신경을 곤두세워 주변을 다시 살폈다. 아직까지는 걸리지 않은 것 같았다.

핑!

투둥!

첫 번째는 위지룡의 저격, 두 번째는 공작대 홍뢰의 저격. 소리가 나는 즉시 조회는 몸을 날렸다.

푹!

푸북!

"커… 흡!"

"억……."

서걱!

조휘는 심장 어림에 화살이 꽂힌 놈의 주둥이를 바로 막으며 잡아당겼고, 뒤에 있던 놈은 은여령의 검에 비명조차 지르지 못하고 이승을 떠났다. 아니, 이승을 떠났다는 표현은 아까웠다. 그냥 뒈졌다.

푹!

푹푹!

서걱!

조휘는 주둥이를 막은 뒤 백악으로 심장, 어깨와 목 사이, 옆구리를 찌른 다음 그대로 울대를 갈라버렸다. 독하다 싶을 정도였지만 조휘는 아랑곳하지 않았다. 이 새끼들? 인간이 아니었다.

가축?

가축에게 미안하니 비교하지 마라.

쓰레기?

그것도 아깝다.

이런 지옥을 만들어놓은 놈들에게는 똑같이 해주는 것만이 답이다. 솔직히 힘을 아껴야 함이 맞지만, 조휘는 그러지 않기로 했다. 칼침 서너 방 더 놓는 것은 어차피 체력 소모도 별로 없었다.

오히려 이렇게 안 하면 마가 혹 달려들어 이성을 잡아먹을 것 같았다. 그럴 바에야 차라리 이렇게 푸는 게 낫다.

푸들푸들 떠는 놈이 축 늘어지자, 조휘는 입에서 손을 뗐다. 아직도 조용하다.

'고맙다, 아주······.'

이렇게 방심해 줘서.

원래 승리라는 게 그렇다.

이기고 난 뒤 잠깐 조심하면 모든 게 괜찮은 줄 안다. 조휘가 일주일간이나 그 퀴퀴한 지하 공동에서 있었던 보람이 있었다.

조휘는 다시 위지룡과 오현에게 수신호를 보내고 주변을 살핀 다음 몸을 날렸다.

시꺼먼 야행복을 입은 조휘의 모습은 어둠이 꾸물거리는 걸로밖에 안 보였다. 이 야행복 또한 첫 번째 작전 이후 새로 오홍련에서 지급받은 물품이다. 특수한 약품 처리를 해서 어둠에 최적화된 동화 상태를 보여줬다.

개발부에 천문학적인 돈을 때려 박는다고 하더니, 나오는 결과가 나쁘지 않았다.

몇 개의 전각을 더 돌파하며 공작대 삼분지 이가 자리를 잡았을 때 조휘는 가장 우뚝 솟은 성주의 관사에 도착했다.

다시 한 번 주변을 살피는 조휘. 은여령과 다시 서선을 맞춰 보고 기척이 느껴지지 않음을 확인한 그는 천천히 뒷문을 열었다.

끼이이익.

'가등청정, 이 개새끼……'

기다려라.

그 더러운 모가지를 반드시 따줄 테니까.

하지만 쉽지 않을 모양인지, 무저갱보다 깊은 어둠이 조휘를 반겼다.

제49장
은밀하게, 빠르게

그 어둠에 잠깐 움찔하는 조휘는 감각이 극도로 곤두섰다. 본능이었다. 칙칙함을 넘은 어둠은 마치 지저의 마귀성을 찾은 느낌이 들 정도였다.

'여기까지 와서 포기할 수는 없지.'

이미 시취에 썩어가는 대지를 본 마당이었다. 조휘는 놈이 어디에 있을까, 생각해 봤다. 답은 금방 나왔다. 도대체 정보력의 끝은 어디인지 궁금하게 만드는 오홍련 비선의 정보도 그랬다. 놈은 성주 관사의 꼭대기에 자리 잡았다고. 그리고 거기서는⋯ 비명이 끊이지를 않는다고.

가장 꼭대기 층.

놈은 거기에 있을 것이다.

만약 없다면?

아주 지랄인 거다. 그리고 누굴 탓할 수도 없다. 오홍련의 정보도 그랬지만, 조휘 자신의 판단도 그랬으니까.

조휘의 걸음걸이가 변했다. 분명 움직이는데 소리가 거의 나질 않았다. 어둠에 적응은 하지 못했지만, 광해군이 전해준 정보로 전각 내부의 지형은 전부 꿰고 있었다. 일 층, 아무런 인기척도 없었다.

이 층, 역시 마찬가지였다.

삼 층, 인기척이 났다.

킬킬킬! 떠드는 소리가 나는데, 웃음소리로 수를 세어보니 방에 각각 두세 놈씩, 모두 열다섯은 되는 것 같았다. 숫자가 상당했다. 그래서 선택해야 했다. 무시할 것인가, 아니면 제거하고 올라갈 것인가.

조휘의 선택은 후자였다. 다행히 전각의 계단은 그리 멀지 않은 곳에 있었다. 조휘가 자세를 낮추고 빠르게 움직이니 그 뒤를 은여령, 오현, 그리고 공작대 여섯이 따랐다.

사 층, 무시. 오 층, 무시. 조휘는 육 층도 무시하고 올라갔다.

칠 층.

결국 문제가 생겼다.

다섯 놈이 계단 근처에서 묶여 있는 포로 셋을 가지고 '놀고' 있었다. 절로 이가 갈리는 장면이었지만 조휘는 쉽게도 참아냈다. 순간의 욱함으로 작전을 통째로 날려먹기에는 조휘의 경험이 너무 많았다.

하지만 참았다고 끝난 게 아니었다. 올라가려면 계단을 통해야 한다. 다른 방법은 없었다. 벽을 타고 올라가기에는 상황도 안 좋고, 장비도 없었다. 그렇다면 결국 처리해야 된다는 소리였다.

근데 빌어먹게도 거리가 상당했다.

저기까지 소리 소문 없이 이동하는 건 조휘도 불가능했다. 마찬가지로 가장 강하다 할 수 있는 은여령도 불가능했다. 체구가 작고 재빠른 이화가 있지만 그녀는 지금 밖에 있다. 그녀의 역할은 주변 경계였다.

따라서 지금 안으로 들어온 구인(九人)이 전부 알아서 해야 하는 상황. 조휘는 살짝 입술을 깨물었다.

솔직히 말하자면 이런 상황도 가정했었다. 정말 어쩔 수 없는 상황. 반드시 이목을 끌어들여야 하는 상황. 아무런 의심도 받지 않고 저놈들에게 접근해야 하는 상황.

보아하니 무력 자체는 높지 않은 듯했다.

게다가 이놈들은 살도 포동포동하게 올라 있었다. 거리는 상당하지만 체형을 보니 아주 잘 처먹은 듯했다.

전쟁 중이다. 그런데도 잘 처먹었다는 뜻이 뭘까? 어떤 방식으로든 군량에 손을 댈 수 있는 놈들이란 뜻이다.

그런 게 가능한 놈들은… 놈의 호위대밖에 없었다. 어쨌든 그런 놈들이니 끌어들일 수 있다면, 혹은 의심을 사지 않고 접근할 수 있다면 전부 처리할 수 있을 것 같았다. 조휘의 시선이 은여령에게 향했다. 때마침 은여령도 조휘를 보고 있었다.

"……."

"……."

입을 열지는 않았지만 둘만 알 수 있는 대화가 순식간에 오갔다. 그 대화 후 은여령이 고개를 끄덕였다. 이런 상황에서 쓸 수 있는 가장 좋은 방법이 뭘까? 많은 계략이 있겠지만……

미인계(美人計).

조휘는 아마 이게 최고일 거라 생각했다. 이 건물 안에는… 분명 적지 않은 여인들이 잡혀 있을 거다. 사 층, 오 층에서도 작지만 분명 들었다. 그걸로 의심을 받을 확률이 줄어든다. 그래서 은여령을 본 것이다. 은여령도 그걸 알기에 고개를 끄덕인 것이고.

예전에 이화매가 은여령을 곁에 두라고 권했을 때, 그녀는 이런 말을 했다. 은여령이 있다면 분명 선택의 폭이 넓어질 것이라고. 그건 딱 이때를 두고 한 말이었다.

너무 심한 거 아니냐고? 글쎄, 그런 걸 따지고 싶었다면 이곳까지 따라올 생각도 하지 말아야 했다. 피와 살이 난무하고, 치졸하고, 더러운 일이 일상다반사인 곳. 그곳이 바로 전장이다.

하지만 다행인 건, 은여령 또한 그 지독한 전장을 구르고 구른 무인이라는 점이다. 미인계? 안 해봤을까, 과연?

북, 부욱.

은여령은 야행복을 뜯어냈다. 악력이 어찌나 센지, 한 번에 훅 뜯는 것도 아니고 지긋이 당겨 소리가 크게 나지 않게 뜯어냈다. 그러더니 바닥의 흙을 얼굴에 덕지덕지 바르고, 머리도 풀어 헤친 다음 마구 헝클어뜨렸다. 숨을 쭉 들이켜 갈비뼈가 튀어나오게 하고, 그렇게 딱 봐도 피폐한 여인의 모습을 만들어냈다. 물론 이걸로 속일 수 있다는 확신은 없었지만 중요한 건 접근 그 자체다.

이후 은여령은 일어나 비칠비칠 걸어 나갔다. 조휘의 눈엔 혼백이 빠져나간 사람의 걸음걸이처럼 보였다.

두 손을 죽 늘어뜨리고, 상체는 푹 숙이고, 두 다리는 금방이라도 무너질 듯 후들거렸다. 드러난 한쪽 젖가슴을 가릴 생각도 하지 않았다.

당연히 해선 안 된다.

그게 미끼니까.
독이 잔뜩 든.

다섯 놈의 시선이 일제히 은여령에게 달라붙었다. 그 이후부터는 조휘도 파악할 수 없었다. 그녀를 보고 있다가 걸릴 수도 있기 때문이다.

조휘는 이를 악물었다. 조휘가 있던 타격대에는 여인이 없었다. 남편과 가족을 독살했던 여인 하나가 타격대에 들어온 적이 있었지만 조휘가 이끌던 타격대가 아니어서 이후 어떻게 됐는지 신경도 쓰지 않았다. 뭐, 그래도 예상은 갔다. 한 달을 못 버텼을 것이다.

타격대 자체가 범죄자 소굴이니까.

어쨌든 그렇기 때문에 조휘도 이런 작전은 처음 해본다. 미남계는 당연히 생각도 안 해봤고.

킬킬!

역겨운 웃음소리 뒤, 두세 놈이 뭐라고 떠드는 소리가 들렸다. 조휘는 쌍악을 소리 안 나게 다시 집어넣고, 홍뢰를 점검했다. 실수해선 안 된다. 단 한 번이다. 은여령이 주는 특정 신호에 맞춰 단번에 제압해야 한다.

'실수하지 말자.'

정신에 세뇌를 단단히 걸기 시작했다. 그녀가 허락했지만, 이미 그 전에 조휘가 먼저 그녀를 바라봤다. 미안했다. 그녀에 대한 감정은 아직도 분명 남아 있었지만, 이제는 어느새 서로 믿고 의지하는 동료가 됐다. 그런 그녀에게 못할 짓을 부탁했다. 그러니… 확실히 해준다. '마도라는 이름을 걸고……'

하아…….

숨이 빠져나가며 나른한 신음이 들렸다.

조휘는 돌아가려는 고개를 억눌렀다.

'이번 건 아냐.'

순간 신호인 줄 알았다. 하지만 바로 생각을 고쳐먹고 돌아가려는 몸을 붙잡았다. 하아, 하아……. 흐으응, 낯간지러운 신음 소리. 그래도 조휘는 기다렸다. 선호는 아직이다. 몇 번 더 소리가 나고, 은여령의 입에서 몇 마디가 흘러나오고, 개새끼들의 웃음소리, 말소리가 흘러나와도 조휘는 참고 기다렸다.

후우, 후우…….

심호흡을 하며 숨을 가다듬는데,

빡!

신호!

통렬한 소리가 들렸다.

그 소리에 조휘의 눈이 번쩍 떠졌고, 그와 동시에 몸이 돌고 있었다. 그렇게 몸이 돌며 망막에 담기는 광경 속에 휘날리는 은여령이 있었다. 공중에 떠서 돌고 있는 그녀의 모습은 순간 조휘의 머릿속에서 주르륵, 느려졌다. 진짜, 진짜로 조휘는 그렇게 느꼈다.

'예민해진 탓인가……?'

극도로 곤두선 감각 탓인가 생각했지만, 이내 무시, 그녀의 팔다리가 닿는 곳에 떨어진 놈을 순간적으로 찾아내 겨누고, 당겼다.

퉁, 투둥.

홍뢰의 장점은 소리가 거의 안 난다는 것. 그리고 직선, 고속이라는 것. 느려진 시계(視界)에 홍뢰가 날아가는 모습이 보이는 것 같은 착각이 들었다. 근데 과연 '착각'일까?

푹!

빠각!

우득!

첫 번째 홍뢰가 가장 뒤에 있던 놈의 심장 어림에 박혔다. 그리고 그와 동시에 허공에서 빙글 돌며 감아 찬 은여령의 발끝에 턱과 목뼈가 박살 나는 소리가 메아리쳤다. 탁. 그녀가 내려앉자마자 머리 위를 스쳐 지나간 홍뢰가 한 놈의 목에 푹 꽂혔고, 마지막 한 발은 명치에 박혔다.

푹!

손끝을 날카롭게 세워 아래에서 위로 훅 올려 쳐 목을 뚫어버리는 은여령의 마지막 공격으로써 정리가 끝났다. 허무하다 싶을 정도로 빨리 끝났지만, 조휘에게는 억겁과도 같은 시간이었다.

그건 다른 이들도 마찬가지였다.

조휘는 뒤로 손을 뻗었다. 그러자 오현이 바로 여분의 야행복을 꺼내 조휘의 손에 쥐어줬다. 조휘는 그대로 일어나 은여령에게 천천히 다가갔다. 소리가 났으나 사방은 조용했다. 숨소리조차 들리지 않았다. 그건 곧 칠 층에는 더 이상 적이 없다는 소리였다.

저벅저벅 걸어간 조휘가 옷의 상의를 펼쳐 은여령의 몸을 덮어줬다. 입술을 질끈 깨물고 있는 그녀. 그녀가 스스로 결정한 후 펼친 작전이지만, 수치스러울 것이다. 사내도 생판 모르는 여자들 앞에서 옷을 벗고 있으면 분명 수치심이 들 텐데, 오죽할까. 인정할 건 인정해야 했다.

은여령은… 이제 동료다.

이후 그녀는 바로 돌아왔다.

눈빛을 좀 전으로 되돌리고, 팔을 넣고 상의를 여민 후 하의를 입는 그녀. 그녀가 옷을 다 입자 공작대가 다가왔다. 위로를 건네는 이는 아무도 않았다.

현재는 작전 중이다. 입을 여는 건 당연히 금지고, 어설픈 위로 따위는 금물이라는 것도 아주 잘 알고 있었던 것이다.

이런 일을 겪지 않은 이들이, 좀 전에 미인계를 행한 그녀의 마음을 이해한다는 것 자체가 어불성설이다. 그건 경험이 많은 오현이나 조휘도 불가능했다.

조휘는 후! 소리를 내 시선을 당긴 다음, 손으로 문을 가리켰다. 올라가자는 신호였다. 스르릉, 스릉. 쌍악이 슬며시 뽑혀 나오는 소리마저 크게 느껴졌다.

저 문을 열고 올라가면 이제 팔 층이다.

저 문을 열고 올라가 정리를 하면 이제… 찢어 죽여도 시원찮을 새끼가 있는 곳으로 들어간다.

하지만 또 문제가 생겼다. 살짝 힘을 쥐 문을 당겨보는데 꿈쩍도 안 했다. 아무리 한 손이라지만 조휘의 완력은 상상 이상이다. 그야말로 극한으로 단련된 육체. 그런데도 꿈쩍을 안 한다?

'안에서 잠갔어.'

이건 분명 안에서 걸어 잠근 게 분명했다. 그것도 고리가 아닌 쇠로, 성문을 막는 빗장처럼 잠근 게 분명했다.

틈을 자세히 살펴보니 칙칙한 쇠가 보였다.

'다행히 굵지는 않아. 이 정도는……. 후우, 빌어먹을.'

좀 전에도 그녀에게 부탁했는데,

하아.

또 하게 생겼다.

조휘의 고개가 돌아가자, 은여령은 어느새 손을 내밀고 있었다. 소리가 날 수 있으니 조휘의 도를 달라는 뜻. 조휘가 좀 더 날카로운 흑악을 건네주자, 그녀는 흑악을 역수로 쥐어 틈으로 밀어 넣은 후 그걸 양손으로 감싸더니,

"후우……."

깊은 숨을 토해내고는 그대로 내리그었다.

그으으으윽.

슥.

그 순간 조휘가 문을 손으로 받치고 흑약을 건네받았다. 은여령이 물러나자, 조휘가 신호를 다시 보냈다.

셋, 둘, 하나.

끼이이익.

탁.

조휘는 다시 문을 닫았다.

문을 닫은 이유는 하나였다. 문틈으로 흘러나온 연기 때문이었다.

'이 미친 새끼들이 진짜…….'

문이 열렸고, 그 안에서… 연기가 흘러나왔다. 조휘에게는 너무도 익숙한… 대마(大麻)의 연기였다. 이게 익숙한 이유는 타격대에서도 꽤나 많이 썼기 때문이다. 팔다리가 잘린 대원들의 고통을 줄여주고자 미약하게 대마를 피워놓고 그 안에 환자를 넣어뒀다. 고통을 최대한 줄여주기 위한 처사였다. 저승행 나룻배를 예약해 놓은 것들은 대마보다 강한 아편을 주입시켜 편안하게 해줬다. 군에서 소모품들에게 해주는 마지막 배려였다.

근데 그걸 여기서 볼 줄이야……. 그럼 과연 저 안에는 환자가 우글거릴까? 조휘는 절대 아니다에 모든 걸 걸 수 있었다.

그는 일단 옷을 찢어 코를 막았다. 그리고 길게 머리에 둘러 최대한 연기의 흡입을 막았다. 모든 공작대원이 준비를 마치자,

끼이이익.

조휘는 다시 문을 열었다. 자욱한 연기가 한 번에 흘러나왔

다. 불이라도 난 것처럼 연기가 흘러나온다.

대체 얼마나… 피워놓았기에 이 정도인지, 조휘는 감도 잡히지 않았다. 문을 완전히 열었다. 그러자 은은한 호롱불이 곳곳에 놓여 있는 팔 층이 보였다. 방 없이 큰 광장처럼 꾸며진 공간.

그곳에… 수십의 인간 군상이 있었다. 아니, 정정한다. 수십의 개새끼와 소수의 피해자가 있었다. 피해자들은 정말 처참했다. 차마 눈 뜨고 못 볼 일을 당한 게 분명했다. 속이 뒤집어지는 광경이다.

그래서 조휘는 쌍악을 들고 팔 층을 헤집고 다녔다. 푹, 푹, 푹. 서걱, 서걱, 서걱. 조금의 망설임도 없이 눈에 보이는 '사내'들은 모조리 심장을 뚫어버리고, 목을 따버렸다.

눈에 불길이 치솟은 은여령도 마찬가지로 모든 놈들을 죽였다. 공작대 전체가 헤집고 다니니 대마에 취한 놈들을 모두 정리하는 데 얼마 걸리지 않았다. 마지막으로 확인 사살을 마친 조휘는 구 층의 입구에 섰다.

아주 시기적절하게……

꺄아아아아아……!

귀를 찢는 여인의 비명 소리가 들렸다.
으득!
조휘는 구 층의 문을… 그대로 들이받았다.
쾅!
콰직!

쾅!

콰드득!

두 번 정도 어깨로 들이받자 문이 벌컥 열렸다.

"이 개새끼……!"

문을 열고 들어가자 가장 먼저 보이는 건, 쇠사슬에 묶여 있는 여인들과 옷을 벗고 흉측한 웃음을 흘리고 있는 왜소한 체구의 사내였다. 나이는 그리 많지 않아 보였다. 조휘와 비교해도 큰 차이는 없을 사내의 얼굴.

"흐흐……."

몽롱하게 풀린 눈으로 웃더니, 이내 왜어(倭語)로 뭐라고 떠들어 대는데 약에 취해서 조휘는 하나도 제대로 듣지 못했다. 두 눈은 아예 풀려 있었다. 희번덕거리는 두 눈에서는 이성이 사라진 광기가 일렁이고 있었다. 저런 눈, 하도 많이 봐서 보는 순간 알 수 있었다.

"이거 완전히 미친 새끼네?"

오현이 중얼거리자 조휘가 놈에게 다가갔다. 시간을 끌고 싶지 않았다. 대화도 불가능해 보였고, 대화할 마음도 없었다. 조휘가 다가가자 놈이 양팔을 활짝 폈다. 피아 구분도 불가능한 상태.

대마에 취해 완전히 맛이 가버렸다.

그런 놈에게 뭔 말을 하겠나.

입 아프게.

푹!

"크악!"

혹악으로 옆구리를 쑤시자 그제야 놈은 비명을 질렀다. 그 비명을 들은 조휘는 문득 의문이 생겼다.

'이 새끼가 진짜 가등청정 맞나?'

나이는 정보와 비슷하다.

신장도 비슷하다.

얼굴 생김새도 비슷하다.

다 비슷한데, 의문이 생기는 이유는 하나였다.

'이런 새끼가 여태 조선군을 싹 밀고 다녔다고? 거의 무패로?'

조선군에게, 조선 백성에게 가등청정이란 이름은 재앙이자 악몽이었다. 호랑이 사냥꾼이라고 알려져 있지만, 아는 사람은 전부 안다. 놈이 진심으로 즐기는 건 호랑이 사냥이 아니라 인간 사냥이고, 고문이라는 걸.

비선은 물론 조선군의 정보대도 그렇게 결론을 내렸다. 인세에서 살아 숨 쉬어서는 안 될 개새끼.

찢어 죽일 마귀 같은 놈.

'그런데 그런 놈이 이렇게 대마에 취해 헤롱거린다고?'

깡!

휘리릭!

놈이 휘두른 칼을 쳐 날려버리고, 조휘는 바로 두 번째 공격을 먹였다.

서걱!

골반부터 무릎까지 백악으로 깊숙이 긋자 피가 울컥 솟구쳤다. 조휘는 뿜어지는 피를 피하고, 푹푹! 다시 반대쪽 옆구리, 목을 연달아 쑤시고, 악악거리는 놈의 입을 베었다.

볼살은 물론 혀까지 뭉텅 썰려나가자 놈은 끄에에에엑! 하고 괴상한 비명을 내질렀다. 조휘는 그 비명에 즐겁기보다는 오히려 불안했다.

푹! 푹!

그래서 다시 연달아 목과 심장에 구멍을 뚫어버렸다. 회생의 가능성은 이제 아예 사라졌다. 스르륵, 쿵. 조휘는 무너지는 놈을 본 다음, 쇠사슬에 묶여 있는 여인들을 살피는 일행을 봤다.

은여령, 오현, 공작대원들이 여인들을 살펴보다가 조휘에게 시선을 돌리고는 고개를 저었다. 살아 있는 사람이 하나도 없다는 뜻이었다. 좀 전의 비명, 그건 마지막 생존자의 것이었다.

늦은 것이다. 하지만… 공작대의 잘못이 아니었다.

조휘의 잘못도 아니었다.

늦게 온 거 아니냐고?

놈을 죽일 확실한 순간에 왔다.

뭐라고 해서는 안 될 일이다.

"내려가자."

조휘는 그렇게 말하고 바로 몸을 날렸다. 그 뒤를 은여령과 오현, 공작대가 줄지어 따랐다. 팔 층으로 들어서자 뒤에 있던 은여령이 조휘를 불렀다.

"진 대주."

"왜?"

"저놈이 정말 가등청정이 맞을까요?"

"몰라."

"네?"

"정보에 의하면, 놈이 맞는 것 같긴 한데……."

"……."

조휘는 거기까지 말하고 뒷말은 하지 않았다. 은여령도 마찬가지로 더는 묻지 않았다. 그녀가 물은 이유, 의심하고 있었기 때문이다. 물론 조휘도 의심하는 중이었다. 전보다 훨씬 더 강렬한 의심이 들었다.

분명 모든 정보를 토대로 볼 때 놈은 가등청정이 맞았다. 그런데 왜, 불안감이 스멀스멀 뇌리를 채우기 시작하지?

조휘는 어쩌면, 설마, 하는 마음으로 한 단어를 입 밖으로 끄집어냈다.

"함정……."

흠칫! 하는 기척이 등 뒤에서 느껴졌다. 말은 안 하지만, 동료들도 분명 그 단어를 생각하고 있었을 것이다.

조휘는 이를 악물고 내달렸다. 쿵쿵쿵! 계단을 밟는 소리가 크게 났지만 아랑곳하지 않았다. 달리면 달릴수록 불안감은 배가되기 시작했다.

벌컥!

"죽어……!"

오 층에 도달했을 때 문이 벌컥 열리며 왜병들이 줄줄 흘러나왔다. 그제야 조휘는 확신했다. 이건 함정이 맞았다. 그것도 아주 정교하게 만들어진 함정. 조휘가 낌새조차 채지 못하게 만든, 아주 정교하고, 섬세하고, 세밀하게 만들어진 미끼였는데 그걸 파악하지 못하고 덥석 물어버렸다.

빠각!

달리던 그대로 뛰어올라 가장 앞에 있던 놈이 무기를 뿌리기도 전에 무릎으로 안면을 찍어버린 조휘는 내려서며 쌍악을 열십자로 쭉 그었다.

서걱! 서걱!

거의 동시에 절삭음이 들리고, 이후 붉은 혈화가 훅 피어났다. 퉁! 투두두둥! 홍뢰가 조휘의 머리 위를 날아가 꽂혔고, 파바바박! 탁! 은여령이 조휘를 뛰어넘어 검을 뿌렸다. 슈아악! 바람이 갈라지는 소리. 서걱, 목이 잘려나가는 소리. 특징도 없는 것처럼 보이는 그녀의 공격은 왜병들이 막을 만한 공격이 아니었다.

탁. 은여령이 바닥에 착지하며 상체를 숙이자 이번엔 오현이 그녀를 뛰어넘어 날았다.

퍽!

상체를 앞으로 숙이고 그대로 한 방. 맞은 놈의 안면이 뒤로 훅 젖혀지며 두둑! 하는 파열음이 들렸다. 분명 몸에 힘을 줬을 텐데도 그대로 목을 꺾어버리는 힘. 철권이라는 별호는 오현에게 딱이었다.

하지만 오현은 단순히 힘만 센 게 아니었다.

빡!

퍼걱!

그는 초근접 박투에 뛰어났다. 주먹, 팔뚝, 어깨, 발, 종아리, 허벅지, 상체까지. 얼굴을 뺀 모든 곳에 쇠로 제작한 방어구를 착용하고 난전에서는 조휘만큼이나 뛰어난 무력을 보여줬다.

깡!

팔뚝으로 막고,

빠각!

우득!

다른 팔로 한 방.

"컥……."

그럼 끝이다. 꽂히는 순간 눈앞에 별이 반짝이는 게 아니라, 우둑! 하고 정신이 끊겨버린다. 그걸로 끝이 아니라 끊긴 정신은 되돌아올 가능성도 희박하게 만든다.

오현이 악귀처럼 날뛰면서 소란을 일으키자 공작대가 홍뢰로 저격을 가했다.

퉁! 투두두둥!

빗발치는 소리.

악! 아악!

요동치는 비명 소리.

누가 봐도 조휘와 공작대가 압도하는 모습이지만 중요한 건 이게 아니었다.

"은여령! 길을 열어!"

"네!"

조휘는 난전보다는 돌파를 원했다.

은여령이 몸을 날리자 조휘의 외침을 들은 오현이 은여령이 앞으로 나갈 길을 열었다. 타다다닷! 나무를 밟아 쿵쿵거리는 소리가 아니라, 사뿐사뿐 걸어가는 소리가 들렸다. 경쾌하기까지 한 질주하는 소리.

지이이익! 그러다 멈추고 빗살처럼 뿌려지는 발검(拔劍).

슈아아악!

서걱.

깔끔하게 목에서 떨어진 머리가 두둥실 떠올랐다. 단번의 발검에 무려 네 놈이나 저승길로 떠났다. 아니, 지옥으로 떠난 거다.

은성검(銀星劍).

그녀의 별호에 잘 어울리는 발검이었다.

이화매가 처음에 그녀를 말할 때 이렇게 평가했다. 군단급 무력, 그 옛날 항우나 여포를 칭할 때나 사용하던 말.

일인군단(一人軍團).

그녀의 검은 알고도 막을 수 없었다.

발검 이후에도 그녀는 멈추지 않았다. 귀신처럼 스르륵 움직이면서 심장을 가르고, 목을 뚫고, 머리를 잘랐다. 공간에 피분수가 솟구치며 지옥도가 펼쳐냈다. 그걸 보면서 조휘는 찌릿한 감각을 느꼈다. 아름다워서? 그녀의 무력이 너무 대단해서?

아니었다.

십 년간 섰던 전장에서 조휘의 목숨을 살린 그 특정 감각이었다. 느끼는 순간 조휘는 내달리기 시작했다. 쌍악은 순간적으로 납도, 풍신의 도병에 손을 댔다.

"숙여!"

"흡!"

마지막 놈의 목을 쳐내는 은여령이 조휘의 외침에 반응해 바로 호흡을 당기면서 급히 상체를 숙였고, 조휘는 숙인 그녀의 등을 뛰어넘은 후 상체를 뒤틀었다.

꽈직!

그 순간 가장 멀리 있던 문이 터지듯이 열리며 뿔이 세 개나 달린 투구를 쓴 무사(武士)가 튀어나왔다.

'적각? 청각?'

적각이면 어떻게든 막을 만하다.

하지만 청각이면?

장담할 수 없었다.

가공할 속도로 달려 나온 놈이, 시퍼런 예기를 흘리고 있는 대부(大斧)를 공중에 뜬 조휘의 몸통을 양단할 기세로 휘둘러 왔다. 조휘는 그 대부를 보며 이를 악물고, 허리를 다시 원상태로 뒤틀면서 풍신을 뽑아 그대로 휘둘렀다.

쩡……!

퍽!

우당탕!

조휘의 몸은 그대로 바닥에 처박혀 튕겨 올랐다. 하지만 놈의 대부도 풍신의 힘에 의해 훅 튕겨 올라갔다.

'지금!'

등으로 제대로 처박혀서 일순간 호흡이 불가능해 소리를 치지 못해 속으로 외쳤다. 대부가 튕겨져 올라간 지금, 지금이 기회다.

타다다닷!

지면을 박차는 소리가 들리더니, 쉬이익! 이어 튕겨져 올랐다가 다시 바닥에 처박힌 조휘의 몸을 넘어 비상하는 은여령의 모습이 보였다.

서걱.

머리가 싹둑 잘리는 소리가 먼저 나고, 은빛 궤적과 슈악! 하는 소리가 뒤따랐다.

진짜 가공할 속도의 쾌검이다.

벌써 몇 번이나 봤지만 도무지 눈으로 좇기도 힘든 검격은 기척을 완전히 죽이고 있던 무사의 머리를 단숨에 잘랐고, 상황을 깔끔하게 정리했다. 우우, 거리던 무사가 쿵, 뒤로 넘어갔다. 그 다음 시기 좋게 삐이익! 귓속으로 파고드는 호각 소리가 들렸다. 사방을 경계하는 역할을 맡은 이화가 보낸 신호였다.

"역시……."

이제 확신할 수 있었다.

어떤 새끼가, 조휘를 함정에 빠뜨렸다. 이제는 가등청정이라고 생각했던 구 층의 그 개새끼가 진짜 가등청정인지, 아니면 가짜인지가 중요한 게 아니었다.

여기서 당장 튀는 게 중요했다.

바로 내달리는 조휘와 그 뒤를 따르는 동료들.

삼 층은 조용했다.

이 층에서는 그냥 창문을 깨고 밖으로 몸을 날렸다. 와장창 깨진 창문 조각이 비산했고, 조휘를 필두로 은여령, 공작대원들, 마지막으로 오현까지 밖으로 나왔다.

"이쪽!"

내려서자마자 위지룡이 저 끝에서 신호를 보냈다. 조휘는 앞뒤 볼 것도 없이 바로 그쪽으로 달려갔다.

"상황은?"

"사방에서 들어옵니다. 지금 막고는 있는데, 빨리 빠져나가야겠습니다."

"그래, 일단 작전대로 간다. 빨리 이동해서 장산이랑 합류해. 그다음 바로 애들을 이끌고 빠져!"

"네!"

위지룡이 짧고 굵게 답을 줬다. 이후 조휘는 오현을 바라봤다. 그러자 그가 묵직하게 고개를 끄덕였다. 그에게 부탁한 것 역시 후미다. 이번에도 조휘와 함께 남는다. 가장 마지막까지 뒤를 막는 역할.

최전방에 서고, 최후미에서 빠지는 가장 위험한 역할은 어차피 조휘가 맡는다. 그리고 그런 조휘를 오현과 은여령이 보조한다. 이번 퇴각의 기본 골조였다.

상황을 아직 전부 파악하진 못했다. 하지만 하나는 알 수 있었다. 거대한 악의가 뭉게뭉게 피어나 조여오고 있다는 것을.

오현이나 은여령의 얼굴도 잔뜩 굳어 있었다. 경지가 높은 이들일수록 감각이 날카롭게 벼려진다는 말이 있다.

둘 모두에게 해당되는 말이었다.

퉁! 투두두두두둥!

처음 나왔던 창고에서 일직선으로 자리를 잡고 있던 공작대가 다시 뒤로 빠지며 사방에 홍뢰를 퍼부었다.

사방이 어둠에 잠겼지만, 그래도 군데군데 붙여 놓은 모닥불과 횃불이 있어서 다행이었다. 이럴 때 완전한 어둠이었으면… 최악이었을 거다.

휙, 퉁!

조휘도 저격에 동참했다. 성주의 관사, 아니 함정에서 왜놈들이 꾸역꾸역 나오기 시작했다.

은여령은 검을 뽑은 채 조휘의 보폭에 맞춰 후퇴하고 있었고, 오현도 마찬가지였다. 같이 들어갔다 온 공작대도 조휘를 중심으로 진형을 짜고 사방을 경계, 후퇴하기 시작했다. 한 번에 두셋씩 자리를 바꿔가며 후퇴하니 퇴각은 빨랐다.

틈이 날 때를 놓치지 않는 눈치들이 있어서 훨씬 수월하게 빠졌다. 벌써 공작대의 절반 이상이 다시 창고를 통해 지하로 내려갔다.

장산과 위지룡이 창고 입구에서 사방을 경계하고, 이화가 전각 하나 위에서 납작 엎드려 적의 접근을 실시간으로 전달해 주고 있었다. 수없이 연습했던 게 지금 빛을 발했다. 그렇게 반 각 정도 더 지났을 때, 조휘가 다시 위지룡을 보며 소리쳤다.

"시작해!"

"네! 진천뢰 투척!"

위지룡의 외침과 동시에 그의 근처에서 대기 중이던 공작대원들이 진천뢰를 꺼내 팔방(八方)으로 뿌렸다.

콰앙! 콰콰과광!

폭음이 연달아 울리면서 불길이 치솟자, 조휘는 바로 신호를 주고 창고로 내달렸다. 탕! 타다다당!

드디어 총까지 나왔다. 하지만 저게 무섭다고 안 달릴 수는 없었다. 어차피 제대로 조준도 안 됐을⋯⋯.

퍽!

"컥⋯⋯."

조휘의 바로 뒤에서 달리던 공작대원이 달리다 말고 옆으로 풀썩 넘어갔다. 그 소리에 반사적으로 시선이 돌아갔다. 부들부들 떨더니, 이내 축 늘어졌다. 정확하게 머리를 뚫렸다. 이게 싫다. 아무리 훈련하면 뭐 하나.

이렇게 눈먼 탄에, 눈먼 화살에……

으득!

조휘는 고개를 다시 전방으로 돌렸다. 죽은 동료의 시체라도 챙겨 가야 하는 거 아니냐고? 바랄 걸… 바라야지.

지금은 도망치는 것밖엔 선택지가 남아 있지 않았다.

그 뒤로도 총성은 계속 울렸지만 공작대에 근접한 탄은 하나도 없었다. 조휘가 창고로 들어가면서 비켜서자, 그 뒤를 따라 들어온 동료들이 줄줄이 창고 밑으로 내려갔다. 어느새 합류한 이화까지 내려가자 조휘는 위지룡에게 손을 내밀었다. 그러자 위지룡이 바로 진천뢰 하나를 꺼내 줬다. 입구를 방치한 채 갈 생각은 없었다. 당연히 창고를 무너뜨려 추격을 뿌리칠 생각이었다.

치익, 휙. 세 발의 진천뢰를 창고 이곳저곳에 던지고 조휘는 바로 입구로 들어갔다. 장산, 위지룡까지 들어오고 좀 더 있자 쾅! 쾨광! 바로 위에서 굉음이 터졌다. 먼지가 우르르 떨어지고, 돌 부스러기도 마구 떨어졌다.

머리가 하얗게 샐 정도로 떨어졌지만, 지금 중요한 건 그게 아니었다. 열린 길을 통해 가보니 저 멀리 광해군이 보였다. 그도 조휘를 봤는지 바로 다가왔다.

"가등청정, 그놈은……"

"닥쳐라."

"뭐요? 말이 너무⋯⋯."

"죽여 버리기 전에 그 입 닫으라고."

"⋯⋯."

상황이 이상하게 돌아간다는 걸 느낀 다음, 다시 함정에 빠졌다는 걸 확신한 다음 조휘가 가장 먼저 의심한 놈이 바로 이자, 광해군이었다. 어떻게 함정을 깔았을까? 조휘가 올라오는 그 순간에 딱 맞춰서?

그러니 이자밖에 없었다.

의심을 안 하려고 해도 안 할 수가 없는 상황이다.

"내통했나?"

"무슨⋯⋯!"

광해군의 눈동자에 불길이 치솟았다. 억울해서가 아니라, 격렬히 분노해서였다. 내통이라는 단어로 이렇게 격렬한 분노를 표출한다? 이것도 웃기다. 이화매가 아니라면 조휘의 앞에서 연기하는 건 불가능했다. 말했듯이 선천적으로 타고나고, 후천적으로 기르기까지 한 눈치가 장난 아니기 때문이다. 그런 조휘가 보기에 광해군의 분노는 진심이었다. 정말 화가 난 자의 눈빛이었다.

"취소하지."

너무 빨리 의심을 거둬들이는 거 아닌가 싶지만, 그래도 일국의 왕자가 내통까지 할 리는 없다고 봤다. 정말 내통했다면? 그건 조휘가 파악할 수 있는 범위를 넘어섰다. 그 이후는 깔끔히 포기하는 게 낫다. 게다가 지금은 여기서 이러고 있을 때가 아니었다. 함정이라는 걸 안 이상, 빨리 도망쳐야 했다.

조휘가 광해군을 무시하고 다시 선두로 나갔다. 자연스럽게 은여령, 장산 조휘가 그 뒤에 섰고, 오현과 중걸은 가장 후미에 섰다. 그러면서 공작대 전체가 광해군과 그의 호위들을 둘러쌌다.

조휘와 광해군의 짧은 대화를 듣고 자발적으로 한 행동이었다. 그런 공작대원들을 본 광해군이 걸음을 빨리해 조휘에게 다가왔다.

"무슨 일이오. 대체 안에서 무슨 일이 벌어진 거요? 가등청정 그놈은 있었소? 죽였소?"

"놈이라고 의심되는 놈이 구 층에 있긴 했지. 죽이긴 했는데, 그놈이 그놈이라고 확신할 수는 없어."

"왜 확신을 하지 못하오?"

왕자가 아닌 범인의 말투는 여전히 어색하지만 조휘는 그냥 받아들였다. 그것도 지금 굳이 따질 문제는 아니었으니까.

"전각 자체가 함정이기 때문이지."

"함정?"

"그래, 일군의 지휘관이 있는 장소다. 나는 처음에 올라가면서 힘들면 진천뢰까지 몇 발 터뜨릴 각오를 했어. 그런데 아주 쉽더군."

"그게 문제가 되오?"

"그건 알아서 생각하고. 후우, 은여령."

"네."

공동에 거의 도착했을 때, 조휘는 걸음을 멈추고 은여령을 불렀다. 전방에서 어둠이 꾸물거리고 있었다. 드디어 나왔다. 조휘는 광해군이 말을 걸었을 때부터 저 시꺼먼 어둠 속에서 인기척을 느꼈다.

희미하지만, 느껴보라고 피워주는 기세. 조휘는 그걸 느꼈다. 그래서 은여령을 부른 거다. 그녀는 바로 조휘의 옆으로 왔다. 조휘는 걸음을 멈췄다. 그와 동시에 전체가 멈췄다.

일주일간 쉬었던 공동을 잠시 노려보던 조휘가 입을 열었다.

"앞에 적이 있다. 주변 경계를 확실히 해."

대답은 없었다.

조휘는 말을 끝낸 다음 천천히 앞으로 나섰다. 공동으로 들어간 그는 새까만 어둠을 밀어내려고 횃불을 몇 군데 던졌다. 그러자 기세를 피운 자의 윤곽이 잡혔다. 불길조차 밀어내는… 새까만 어둠.

칠흑의 전신 갑주.

두 개의 뿔.

공통된 점은?

검다는 것.

흑각무사였다.

그것도 이각(二角).

흑각의 뿔 하나를 달고 있던 모리휘원도 무지막지하게 위험한 놈이었다. 조휘가 짰던 판을 갈아엎고, 그 위에 지가 새로 판을 짰다. 결과적으로는 너무 방심하는 바람에 조휘가 탈출할 수 있었지만 그때도 아찔했다.

진천뢰, 공작대, 의용병.

이 셋 중 하나만 제대로 지원이 안 됐어도 아마 황천길을 건넜을 거다. 그만큼 위험한 게 바로 흑각이란 놈들이다.

공동에는 여러 개의 구멍이 뚫려 있었다. 저놈이 어디로 들어왔는지는 궁금증이 풀렸다.

공작대가 공동의 사방으로 조심스럽게 움직였다. 이들도 안다, 흑각의 무서움을. 청각만 해도 극도로 조심해야 될 상대인데, 무려 흑각이, 그것도 이각이나 되는 놈이 툭 튀어나왔으니 조심스러워지는 게 당연했다.

조휘는 몇 걸음을 앞으로 나섰다.

그때까지 흑각은 말을 꺼내지 않았다. 팔짱을 낀 채 우두커니 서 있을 뿐이었다. 조휘도 말을 꺼내지 않았다. 아직 놈의 의도가 뭔지 모른다. 그리고 혼자 왔는지, 아니면 저 뒤에 수하들을 이끌고 왔는지도 파악이 되지 않았다. 후미의 입구는 막았으니 추격은 걱정하지 않아도 된다.

하지만 반대로 이제 물러서는 것도 불가능해졌다. 어찌 됐건 저놈을 비켜서게 만든 다음 도망쳐야 했다. 게다가 여기가 걸렸으니 어쩌면 처음 들어왔던 입구도 적군이 지키고 서 있을지 모른다.

상황은 극단적으로 불리한 상태.

'진짜 뭐 하나 쉬운 게 없네.'

후우.

솔직히 좀 기대했었다.

이곳에서의 작전을 깔끔히 마무리하고, 적무영의 목을 따러 갈 수 있기를 기대했었다. 그런데 하늘은 돕지 않았다. 아니, 돕기는커녕 오히려 벽을 세웠다. 그냥 벽도 아니고, 거대한 벽을 앞에 세워놓고선 묵직한 압박을 준다.

솔직히 짜증스럽다.

하지만 익숙했다.

십 년간 전장에서 언제는 짜증이 안 났던가. 매 작전이 짜증 났었다. 그러니 이번에도 그걸 이겨낼 생각이었다.

그런 다짐을 하는데,

"오홍련이 언제 이런 것들을 키워냈지?"

흑각의 말이 어둠을 격하고 조휘의 귀에 쏙 박혔다. 아주 또렷한 한어. 목소리는 상당히 젊어 보였고, 어조에는 흥이 살짝 올라 있었다.

"⋯⋯."

조휘는 일단 말을 아꼈다.

아직도 놈이 원하는 게 뭔지 감이 안 잡혔다. 조휘가 말을 아끼자 놈이 다시 말을 이었다.

"내가 준비한 선물은 잘 받았어?"

"선물?"

이번에는 대답했다. 대답을 해야 선물이 뭔지 알 수 있기 때문이다.

"가등청정 말이야. 내가 손수 대마에 절여 놓았는데."

"아아⋯⋯."

구 층에서 죽인 놈은 가등청정이 맞았다. 구태여 저자가 거짓말을 할 이유가 없다면 말이다.

"근데 받기만 하고 갈 거야?"

"……."

이번엔 다시 침묵.

그러자 후후, 웃는 소리가 들려왔다. 그리고 바로 들려오는 목소리.

"받았으면 나도 하나 주고 가야 되는 거 아닌가?"

"뭘 원하지?"

"네 목."

촤아아악!

흑각이, 시꺼면 어둠을 격해 조휘의 코앞에 불쑥 나타났다.

말 그대로 불쑥 나타났다.

제50장
드디어 만나다…

흡!

순간적으로 호흡이 멈췄다. 동시에 눈에는 흑각의 투구 속 새까만 안광(眼光)과 입가에 일그러진 미소가 담겼다.

일순간 전신에 소름이 끼치고 은여령의 미인계 때 경험했던 시계(視界)의 감속이 다시 찾아왔다.

그 미소를 보면서 조휘가 한 생각은,

'왜 얼굴 앞에 있지?'

이 생각 바로 직전, 놈은 저 멀리 있었다. 근데 말이 끝나자마자 바로 눈앞에 있다. 스으으윽. 놈의 어깨가 회전하며 목을 치러오는 게 보였다. 그런데 이게 빠른 건지, 느린 건지 조휘는 갈피를 잡을 수 없었다.

스르르륵. 정말 말 그대로 스르르륵. 팔이 휘어져 들어오는 게 보였고, 그래서 몸을 본능적으로 뒤로 뺐다.

슈악!

흑각의 손날이 목 바로 앞을 스치고 지나갔다.

"응?"

그리고 살짝 얼빠진 놈의 탄성이 들려왔다. 조휘는 멍했다. 끔뻑이는 놈의 눈동자를 보면서 아, 피한 건가? 하는 생각이 들었다.

그 순간 감속된 시계가 깨지고 원상태로 돌아왔다.

슈악!

은여령이 벼락처럼 튀어나가며 놈의 목에 칼을 찔러 넣었다.

"엇차."

깡.

그걸 가볍게 튕겨내고 다시 스르르륵, 뒤로 물러나는 흑각. 처음에 있던 자리로 돌아간 놈은 고개를 갸웃거렸다.

"그걸 피하네? 하하."

그러더니 한 차례 나직한 웃음을 흘렸는데, 조휘는 그 웃음에 어떤 감정이 들어 있는지 확실히 알 수 있었다. 저건 흥미가 동했을 때의 웃음이다. 확신할 수 있었다. 대놓고 재미있다고 웃는데 모를 리가 있나.

"재밌네, 진짜. 딱 보니 하급도 겨우 잡을 것 같은 놈이 이걸 피해?"

"……."

조휘는 침묵했다.

사실 할 말이 없었다.

조금 전의 놈의 공격과 자신의 회피는 솔직히 아직 머릿속에서 정리가 되지 않았다. 이해가 불가능했기 때문이다. 놈은 말이 끝남과 동시에 '즉시' 눈앞에 나타났다. 이것만 해도 상식의 궤를 벗어났다.

그런데 그 순간 자신 또한 상식을 벗어났다.

시계(視界), 혹은 시야. 아니면 세계? 어쨌든 눈으로 보는 사물의 움직임 자체가 급속도로 늦춰졌다. 마치 달리던 마차를 급히 멈추는 것처럼.

이 또한 분명 상식을 벗어났다. 그러니 대답을 하지 못했다. 자신도 모르는데 무슨 대답을 할 것인가.

"이화매 고년이 또 재미난 놈을 찾아냈네? 이것 참, 어디서 그렇게 찾아내는 건지. 신기하단 말이야?"

후욱!

그 말에 조휘, 은여령, 장산, 위지룡을 뺀 공작대 전원이 일시에 반응했다. 공작대가 이화매에게 보이는 충성은 광신(狂信)이라 해도 과언이 아닐 정도다. 오직 그녀만 믿고 오홍련에 투신했으며, 명의 백성을 위해 이 한 몸 던져 받친다는 마음으로 지금껏 고된 훈련을 견뎌왔다.

그리고 애초에 그런 놈들만 공작대에 뽑았다. 공작대 선발 기준 첫 번째가 절대 배신하지 않을 충성심이었기 때문이다.

그래서 공작대원의 수가 별로 안 되는 거다. 충심, 능력, 경험이 뒷받침되어야 했으니 말이다.

그런데 흑각이 욕을 했다. 고년이라고. 저속한 단어에 공작대가 일순간 불타오른 것이다. 하지만 그렇다고 이성을 잃었다는 건 아니다. 공작대는 그 어떤 상황에서도 이성을 잃어서는 안 된다고 배웠고, 그렇게 훈련을 받았다.

분노는 하되, 이성은 여전히 냉철한 상태였다.

"아으, 따끔해라. 하하."

놈은 일인극을 하는 것처럼 혼자 말하고 있었다. 그 누구도 대답해 주는 이가 없는데도 개의치 않고 말이다.

"좋아, 좋아. 좀 전 같은 공격은 그만할게. 그러니 대화나 좀 해보자고. 네가 대장이지? 좀 나와 볼래?"

"무슨 꿍꿍이냐?"

조휘가 반보 앞으로 나섰다.

아직까지 칼은 놈이 쥐고 있었다. 원하는 걸 알아내는 방법 중 가장 좋은 건 역시 대화다.

이각(二角)의 흑각무사. 저놈을 잡아 입을 열게 한다? 그건 무모한 방법이다. 좀 전의 놈의 기습 중 이해가 간 게 하나 있다면, 은여령도 놈의 공격에 반응하지 못했다는 것이다. 자신이 회피한 다음 그녀가 움직였다. 그것만 봐도 명백했다. 은여령도 놈의 다가오는 걸 놓쳤다는 게.

그럼 무력으로 놈을 제압하려면? 적지 않은 희생 정도가 아니라, 잘못하면 뼈를 묻을 각오를 해야 한다.

진천뢰, 홍뢰는?

진천뢰를 쓰는 순간, 자폭이다. 공동이 무너지면 다 죽는 거다. 홍뢰는 견제용으로밖에 쓸 수 없었다.

놈은 아까 은여령의 검을 팔을 휘둘러 튕겨냈다. 그녀의 검을 갑주가 충분히 막아준다는 뜻. 그러니 홍뢰도 안 먹힐 게 분명

했다. 단지 움직임을 제한하는 정도로밖에 못 쓴다.

'생각해 보니 이 새끼 이거… 괴물인데?'

놈을 바라보는 조휘는 입안이 바짝 마르는 것 같았다. 아니, 실제로 말라갔다. 입술도 이미 건조하다. 지금 당장이라도 등짐에서 수통을 꺼내 벌컥벌컥 마시고 싶었다.

단 한 놈이 길을 막고 있는데, 공작대 전체가 멈춰 있다. 후각, 청각은 아예 상대도 안 되는 압도적인 존재감과 신위는 과연 왜 흑각의 무사가 재앙인지를 아주 잘 보여주고 있었다.

"하나씩 하자고, 하나씩. 아, 혹시 통로 끝에 매복해 있을까 봐 겁나? 그런 건 걱정하지 마. 나 그렇게 치사하게 노는 놈 아니거든."

"그걸 어떻게 믿지?"

"안 믿을 거면 어쩔 건데?"

"……."

"말해주면 그냥 믿어. 너도 느끼고 있지, 칼은 내가 쥐고 있다는 걸?"

"지랄 마라. 그냥 밀어붙이는 수가 있어."

"큭큭! 해봐."

"……."

"해보라고. 그게 되나, 안 되나. 내기할까?"

놈의 말투도 첫 번째 작전에서 만났던 모리휘원, 그놈처럼 굉장히 요상했다. 뭔가 정신적으로 미성숙한 말투. 애 같은 말투였다. 도대체 이놈들은 왜 이딴 말투를 쓰는지, 또 짜증이 스멀스멀 올라왔다.

"개소리 그만하고 원하는 거나 말해."

조휘는 일단 감정을 추슬렀다.

"별거 없다니까. 대화나 하자고, 대화. 아, 일단 이것부터 대답 좀 해줘. 니들 맞지? 모리휘원 그 새끼에게 물을 잔뜩 먹인 게."

"소서행장 군에 있던 흑각 말하는 거냐?"

"그래. 왜 있잖아, 애새끼 같은 말투 쓰던 놈. 검은 뿔 하나짜리."

"······."

그놈의 이름이 모리휘원이었나? 처음 들었다. 그러거나 말거나, 조휘가 대답하지 않자 역시 맞네, 맞아, 하면서 또 혼잣말로 중얼거렸다. 그러더니 또 조휘에게 툭 물었다.

"통성명이나 할까?"

통성명?

지금 그런 걸 할 땐가?

스윽.

놈이 느긋한 행동으로 투구를 벗었다. 거리가 꽤 있어서 그런지 허리 부분까지만 밝혀져 있고, 그 위는 어둠이었다. 놈의 손에 잡혀 덜렁이는 투구를 잠깐 보던 조휘는 다시 어둠에 잠긴 놈의 상체에 시선을 줬다.

언제 움직일지 모르니 긴장감은 팽팽하게 당겨놓은 상태였다.

"음, 어떤 이름을 말해야 할지 모르겠군. 아, 중원 놈들이니 중원에서의 이름을 말하는 게 맞겠군."

후후.

조휘는 그 웃음 뒤에 나올 이름을 상상도 하지 못하고 있었다.

"적무영이다."

"······."

우르릉!

번쩍!

뇌성이 일고, 이후 벼락이 단숨에 정수리에 떨어진 기분이 들었다. 순간적으로 멍해져서 얼떨떨한 어조로 되물었다.

"적… 무영이라고?"

"음? 나를 아는 기색인데?"

"내가 물었다. 진짜 이름이… 적무영이냐?"

"거짓말할 이유가 있나, 내가? 하하."

"소산적가의 장자… 맞나?"

"호오."

또다시 놈의 입에서 흥미로운 탄성이 흘러나왔다. 놈이 몇 걸음 앞으로 더 나왔다. 그에 공작대가 바짝 긴장하며 놈에게 홍뢰를 겨눴다. 횃불의 권능이 닿는 부분까지 나오자, 놈의 얼굴이 보였다.

"아······."

그 얼굴에 조휘도 탄성을 흘렸다.

이번 탄성에는 희열이 담겨 있었다. 저 얼굴, 어찌 잊을 수 있을까. 죽어서도 잊지 못할 얼굴이었다.

"너… 날 정말 아는구나."

놈, 적무영의 조소가 한층 짙어졌다.

그리고 그 순간, 조휘는 언제나 일정하게 유지하던 이성이 급속도로 눈을 뜬 마(魔)에 짓눌려 압살당하는 걸 느꼈다.

"하아……."

히죽.

조휘의 입가에도 일그러진 미소가 그려졌다. 일어난 마(魔)는 단숨에 조휘를 장악했고, 마도의 기세를 사방에 뿌리기 시작했다. 지극히 위험한, 이성을 잃은 마귀의 기세. 공작대의 시선이 조휘에게 몰렸다.

이들도 조휘의 과거를 안다. 구구절절 설명한 건 아니지만, 요점만 간추려 전달해 줬다. 그래서 정확하게는 아니지만, 소산적가의 장자, 적무영은 마도 진조휘의 불구대천의 원수라는 걸 아주 잘 안다. 그리고 이들 중 가장 잘 아는 위지룡과 장산은 조휘가 어떻게 행동을 할지 아주 잘 알고 있었다.

위험하다. 이건 막아야 된다.

무려… 흑각.

게다가 뿔이 두 개.

이건 급이 달랐다.

이미 둘의 시선에 담긴 조휘는 튀어나갈 자세를 잡고 있었다.

"은 소저!"

위지룡이 다급하게 은여령을 불렀으나 은여령은 이미 조휘를 소매를 잡아가고 있었다. 부우욱!

잡아채는 찰나, 조휘의 신형이 포탄처럼 튕겨졌다. 파바바박!

큭큭큭!

그걸 재미있다는 듯이 지켜보는 적무영.

"뒈져… 이 개새끼야……!"

그아아아앙……!

풍신이 이를 갈며, 그간 움직이지 못했던 울분을 풀겠다는 듯
이 거친 울음을 토해냈다. 시커먼 선이 공동의 중앙을 가로질렀
다. 어둠을 가르는 궤적은 소름 끼칠 정도로 빠르고 정확하게
적무영의 목을 노리고 날아들었다.

생포?
고문?

그딴 건 필요 없다.
놈이 웃는 걸 보는 순간 마(魔)가 속삭였다.

죽이라고,
쳐 죽여.
갈가리 찢어발겨서,
살을 뜯고, 뼈를 부수고,
그 피를 마시자.
응?

조곤조곤, 나른하게 속삭였다.
조휘는 그걸 받아들였다.
제정신이 아니었다.
그러나 조휘는 그걸 알고 있었다. 제정신이고 싶은 생각 자체
가 없었다.
'아⋯⋯.'

풍신의 울음이 토해지는 순간, 조휘는 또다시 시계(視界)의 감속(減速)을 느끼기 시작했다. 동시에 뒤통수 한쪽이 쪼개지는 통증이 올라왔다. 정신이 번쩍 들었다.

이상한 세계였다. 오늘만 세 번째. 그럼에도 아직 적응이 안 됐다.

느려진 시야에 적무영이 또 손을 휘두르는 모습이 들어왔다. 그걸 보는 순간 조휘의 본능이 소리쳤다.

피해!

슈아아악!

이번에는 그 본능을 거부하지 않았다. 상체를 훅 숙이며 가까스로 목을 노리는 손을 피하고, 그대로 풍신을 그었다.

그앙……!

적무영의 가슴에서 불꽃이 튀었고, 그 순간 조휘의 눈에 올라오는 적무영의 반대쪽 주먹이 보였다. 급히 고개를 틀어보지만…….

빡……!

"컥……."

단말마의 비명과 함께 조휘의 시야는 그대로 꺼졌다. 하지만 이게 끝이 아니었다. 고개는 물론 상체까지 들렸고, 적무영이 이격을 준비하는 사이 끼어드는 그림자가 있었다.

가녀린 체구의 여인.

그러나 빛살에 비교할 만한 검격을 뿌리는 무인.

은여령이었다.

슈악!

깡!

그녀의 발검은 이번에도 허무하게 적무영의 손짓에 튕겨져 나갔다. 그 순간, 또다시 둘 사이로 작은 체구의 여인이 끼어들었다. 가장 발이 빠른 이화였다. 그녀는 둘 사이에 끼어들어 아직도 허공에 떠 있는 조휘를 안아, 바로 뒤로 빠져나갔다. 그걸 본 은여령도 뒤로 빠졌다.

이렇게 공수를 주고받는 데 걸린 시간은?

두세 호흡 정도밖에 안 될 거다.

"……."

"……."

공작대 전체가 침묵했다.

대주인 마도 진조휘가 단번의 공수 교환에 의식을 잃고 쓰러졌다. 이건 진짜… 말도 안 되는 일이다.

근접전에 일가견이 있는 정도가 아니라, 공작대는 물론 오홍런 내에서도 손에 꼽히는 마도 진조휘가… 단번에?

그러니 어찌 침묵을 안 하겠나.

그런 상황을 만든 적무영은 잠깐 자신의 가슴을 바라봤다. 칠흑의 갑주에 새하얀 실선이 갔다. 좀 전에 풍신에게 긁힌 자국이었다.

하, 하하하.

"이야… 이것 봐라. 아하하!"

하하하하하!

공동이 쩌렁쩌렁 울릴 정도의 대소였다.

놈의 웃음에 공작대가 더욱 경계심을 피워 올렸다. 그러다 갑자기 웃음을 뚝 그친 적무영이 쓰러진 조휘를 보더니, 조휘가 지었던 웃음과 비슷한 웃음을 입가에 그리고는 툭 말을 던졌다.

"저거, 진짜 재미있는 새끼네?"

적무영의 얼굴에서는 숨길 수 없는 즐거움이 보였다. 그걸 보며 은여령은 이를 악물었다.

겨우…

겨우 반응했다.

조휘가 튕겨져 나간 건 그렇다 치자. 놈의 일격을 시야에서 놓쳤다. 분명 내력을 운용하고 있었는데도 말이다. 처음에도 놓쳤다. 그리고 지금도 똑같이 놓침으로써 은여령은 인정했다. 조휘의 원수라는 흑각은 자신의 경지를 넘어섰음을.

모리휘원?

그자는 상대할 만했다.

일격을 막았을 때 반탄력이 내부를 크게 휘젓지도 않았다. 그건 상대도 마찬가지겠지만, 그것만으로도 충분히 상대가 가능하다는 결론이 나온다. 하지만 이자는 감도 안 잡혔다. 태어나서 처음이었다. 그래서 머릿속이 혼란스러웠다. 그러나 지금 은여령은 그것보다 더 혼란스러운 게 있었다.

'어떻게 피했지?'

이화가 안고 있는 조휘.

그는 분명 첫 번째 일격도 피했다.

그리고 좀 전의 공방에서도 첫 번째 일격은 멋지게 피해냈다.

피한 걸로 끝나지 않고 상갑 정면에 굵직한 일격을 먹었다. 평범한 갑주였다면 아마 쩍 벌어졌을 정도의 강력한 한 방이었다.

이후 이격에 턱을 맞고 의식이 날아가긴 했지만, 일격을 피하고, 반격을 했다는 게 중요했다. 자신도 못 본 공격을 피한 마도 진조휘. 은여령은 이 부분이 정말 이해가 안 됐다.

그저 운으로?

'농담도······.'

말도 안 되는 소리다, 그건.

적각의 공격이었으면 이해한다. 하지만 무려 흑각이다. 운 따위가 통할 상대가 아니라는 소리다.

"못 피할 공격인데 그걸 피하네?"

큭큭.

나직이 웃은 적무영이 이번엔 은여령을 바라봤다.

"어때, 너도 못 봤지?"

"······."

"내가 봤을 때는 저놈이 너보다 약해 보이거든. 근데 너도 못봤는데, 쟤는 대체 어떻게 그걸 피했을까? 신기하지 않냐? 운이었을까? 근데 그럴 수도 없거든? 우리 정도 되면 운으로 이런 걸피한다는 게 말이 안 되잖아? 이렇게 실력 차이가 나는데."

혼자 말하고, 혼자 답하고.

여전히 혼자 일인극을 하고 있다.

딱 봐도 모리휘원 그놈처럼 정상이 아닌 듯했다. 하지만 모리휘원과는 결정적으로 다른 게 있었다.

놈은 무섭지 않았다.

하지만 이놈은 무서웠다.

놈의 행동 하나하나가 심장, 정신을 자극하는 알 수 없는 힘이 있었다. 은여령도 그래서 지금 움직이지 못했다. 감각을 극한으로 올리고, 혹시 모를 기습에 대비할 뿐이었다. 그게 그녀가 할 수 있는 전부였다.

"혹시, 남사 제도에 왔었나?"

"……"

"맞네? 아아, 그때 내 이름을 외쳤던 그놈이구나. 내가 시력이 좀 좋아서 남자, 여자 하나였던 걸 기억하거든. 보니까, 너희 둘이네? 큭큭, 그럼… 나한테 원한이 가득한 놈이라는 건데. 궁금하네, 정말."

후후후.

"어이, 뺨 좀 후려쳐 봐. 슬슬 정신이 들 때가 됐으니까."

은여령은 시선이 이화에게 넘어가려는 걸 겨우 참았다. 한눈을 팔아서는 안 된다는 강박관념 같은 게 현재 은여령을 지배하고 있었다. 조휘가 쓰러진 이상, 저자를 막을 수 있는 건 이제 자신이 유일했기 때문이다.

"안타깝네. 이래야 깨워주려나?"

은여령은 적무영이 무슨 말을 하나 했다. 근데 갑자기 적무영이 시야에서 사라졌다.

"어?"

끔뻑, 끔뻑끔뻑.

진짜 없어졌다. 은여령은 급히 주변을 살폈다.

"조심!"

"긴장해!"

위지룡과 오현이 급히 외쳤다. 이런 기현상(奇現象)은 둘도 처음이었다. 그래서 아직 확실히 상황이 파악된 건 아니지만 일단 본능적으로 외치고 봤다.

컥…….

말이 끝나자마자 억눌린 신음이 한쪽에서 들렸고, 모두의 시선이 그쪽으로 옮겨갔을 때 그곳에는 아무것도 없었다. 그래서 다시 시선을 중앙으로 돌리자 적무영이 보였다. 공작대원 하나가 잡혀 있었다.

우둑!

놈의 손짓에 공작대원의 어깨뼈가 툭 탈골되었다. 그리고 빠지는 순간 잡아서 강제로 비틀었다.

두두둑!

"아악!"

웬만해서는 비명을 안 지르는 공작대원인데, 참지 못하고 고통에 찬 비명을 질렀다.

척! 처저저적!

"이 개새끼가!"

"죽여 버린다!"

위지룡, 장산이 바로 반응했다.

으르렁거리며 홍뢰와 활을 겨눴지만 적무영은 오히려 싱글벙글 웃고 있었다.

"쏘고 싶으면 쏴 봐."

그러더니 공작대원의 뒷덜미를 잡고 들어 흔들었다. 으득! 장산과 위지룡은 바로 활을 쏘지 못했다.

공작대원이 대롱대롱 매달렸다는 것도 이유였지만, 운 좋게 맞힌다 하더라도 홍뢰가 통할지 의문이었다. 그래서 할 수 있는 건 이를 으득 가는 것밖에 없었다.

공작대는 공작대 나름대로 혼란에 빠졌다. 놈이 움직이는 걸 아에 못 봤다. 상식이 박살 나면 처음으로 찾아오는 건 당연히 혼란이고, 그다음은 부정, 수긍, 등등의 단계로 나뉜다. 첫 번째 단계에서 공작대가 흔들리고 있을 때,

"넌 진짜… 하나도 안 변했구나."

조휘의 목소리가 들렸다.

*　　　*　　　*

조휘가 눈을 뜬 건 공작대원이 비명을 내지른 다음이었다. 그때 정신을 차리고 몽롱한 감각 속에서 상황을 파악했다. 가장 먼저 든 생각은 살아 있구나, 그다음은 살아 있다는 것에 대한 감사였다.

첫 번째 공격을 피하고, 반격을 했지만 두 번째 날아온 주먹은 피하지 못했다. 알아차렸을 때는 이미 턱을 치기 직전이었고, 반사적으로 고개를 틀어 비켜 맞긴 했지만 상상 이상의 힘이 들어가 있던지라 단번에 의식이 날아갔다.

제대로 맞았으면?

턱뼈가 아작이 났을 것이다. 하지만 조휘는 안다. 이마저도 봐준 거다. 제대로 맞았으면 목뼈가 박살 났을 것이다. 저 정도로

움직이는 놈이 고작 의식만 잃게 만드는 정도의 힘만 가지고 있을 리 없었다.

"오, 일어났네?"

"……."

아직도 턱이 욱신거렸지만 조휘는 이화의 품에서 벗어나 몸을 일으켰다. 뒤에서 괜찮아요? 하는 이화의 질문에 가볍게 고개를 끄덕이고는 다시 은여령의 앞에 섰다.

"너, 뭐냐?"

"나?"

"그래, 너 뭐냐고. 아, 먼저 이것부터 묻자. 어떻게 피했어? 일단 좀 패고 볼 생각이었던 터라 못 피하는 게 정상인데?"

적무영의 질문에 조휘는 자신이 어떻게 피했는지 생각해 봤다. 모르겠다. 시계가 느려졌다고 말할 순 없지 않나.

"그냥 피해지던데?"

"어허? 큭큭큭!"

요상한 탄성을 흘리더니 웃음을 흘리는 적무영.

"그래, 그냥 넘어가자고. 그럼 다시 처음의 질문. 너, 뭐냐?"

"나? 네 뒤통수 후려친 새끼."

"내 뒤통… 아, 아하, 아하하. 너구나?"

적무영의 기세가 휙 바뀌었다.

좀 전에는 천진난만한 표정이라 할 수 있었는데, 지금은 무표정이었다.

"내가 아비 목 좀 날렸다고 내 뒤통수 친 놈. 아, 기억나지, 기억나. 용케 살아 있었네? 듣기로는 어디 군영으로 보냈다던데."

말투는 비슷했지만 말에 담긴 감정은 싹 사라졌다. 그런데 웃기는 게, 이게 더 자연스러워 보였다. 킥킥, 하고 웃던 적무영보다 이게 더 적무영다웠다.

"네 목 따려고 악착같이 살아남았지."

"대단하네, 대단해."

"근데 여기서 딱 만났네?"

피식.

적무영에게서 처음으로 조소가 흘러나왔다. 서늘함이 느껴지는 조소였다. 아까보다 백 배는 더 위험해진 표정에서 나온지라 긴장감이 다시 온몸을 잠식했지만, 조휘는 여전히 웃고 있었다.

무섭지 않느냐고?

무서움보다는… 흥분이 더 컸다. 놈을 만나서 온몸 가득 만족감이 들이찼다. 황홀함을 느낄 지경이었다.

"한 대 맞더니 정신이 나갔나?"

"설마. 그저 즐거울 뿐이야. 내가 얼마나 기대했는 줄 알아? 모르지, 모르겠지. 십 년간 매일같이 꿈꿨다고, 너를 만나는 이 순간을."

"그래서 만나니까 정신이 나갔나?"

"그래, 정신을 못 차릴 지경이야… 큭큭!"

냉정을 유지하고 싶지만, 그게 너무 힘들었다. 말투는 자연히 마(魔)에 휩싸였을 때처럼 진득해졌다.

두 사람의 말투는 거의 비슷했다. 당연하다. 둘 다 정상이 아니었기 때문이다.

"너, 많이 변했네?"

"큭, 큭큭!"

"내 머리를 후려치고 씩씩대던 그때의 넌 내가 확실하게 기억하거든. 그때의 넌 이렇게 미친놈이 아니었는데 말이야…… 이제는 이거 뭐, 나랑 비슷하잖아?"

"십 년이나 전장에서 굴렀는데, 당연하지. 그리고 널 잡으려면… 나도 미쳐야지."

조휘는 이번만큼은 이 대화가 즐거웠다. 웬만하면 싸우기 전에는 대화를 하지 않았다. 해서 이득 될 게 거의 없기 때문이다. 만약 조휘가 대화를 하는 경우가 있다면, 대화란 것 자체가 불가결할 때일 것이다.

상대의 의도를 알아차려야 할 때 말이다.

모리휘원을 만났을 때, 그리고 적무영인지 몰랐을 때의 대화가 딱 그랬다. 하지만 지금은 아니었다. 이 대화 자체가 즐겁다.

'운명의 여신이 있다면… 이번만큼은 정말 감사하다.'

적무영을 여기서 만나게 해줬으니까.

예상도 하지 못했는데 만나니 가슴이 벅차서 터질 지경이었다.

"아, 하나만 묻자. 혹시 우리 아버지랑 방 총관, 네가 죽였어?"

"그래. 나오자마자 잡아다가 족쳤지."

"아, 역시. 어떻게 죽였어?"

"네 아비는 심장을 꺼내 보여줬고, 방원은 살점을 떠 먹였지."

"큭큭큭. 아아, 그렇게 죽였구나."

이번 웃음에도 살짝 즐거움이 담겨 있었다. 아버지를 죽였다는데도 놈은 전혀 화난 기색이 아니었다.

조휘는 놀라지 않았다. 조휘가 기억하는 적무영은… 태생적으로 살인에 대한 죄책감이 결여된 인간이다. 그렇지 않고서야 아무리 힘 좀 쓴다고 하더라도 어깨를 부딪쳤다는 이유만으로 사람의 목을 칠 순 없었다.

같은 동물이지만 사람을 죽이는 것과 소, 돼지를 죽이는 건 완전히 다르다. 그런데 적무영 저놈은 아니었다.

사람이나, 소, 돼지나
똑같이 느낀다.

별 차이가 없다는 것이다.

인격이 완전히 망가진 놈이다.

그걸 알기에 조휘도 어느 순간 찾아온 마(魔)를 기꺼이 받아들인 것이다. 그러니 두 사람은… 동류(同類)였다. 똑같이 미친놈들.

"그래도 낳아준 사람이라 복수는 해주려고 했는데, 이야… 운명의 신이 있긴 있나 봐? 그건 아나? 네가 내 뒤통수를 친 바람에 내가 더 미쳤다는 거."

"호오, 그러셨어? 걱정 마, 곧 죽여줄 테니까. 앞으로 지랄 발광을 못 떨게 해주지."

"에이, 벌써 회포를 풀면 재미없잖아?"

"……."

그 말에 조휘의 얼굴에 머물러 있던 미소가 싹 가셨다. 스멀스멀, 생각하기도 싫은 상황이 올까 봐 겁마저 났다.

"그러지 마라……."

"큭큭! 뭘?"

"도망치지 말라고."

조휘의 얼굴이 딱딱하게 굳어가기 시작했다.

큭, 큭큭큭!

적무영의 모습이 흐릿해졌다. 그에 조휘는 또 발작적으로 풍신의 도집을 움켜잡았다.

꾹!

하지만 이번엔 은여령이 먼저 움직였다. 그녀는 조휘의 허리를 단단히 부여잡았다. 은여령이 보기에 조휘는 너무 흥분했다. 지금은 절대 흥분할 상황이 아니었다.

저 흑각무사 적무영은 여기 있는 인원이 전부 달라붙어도 상대가 안 될 것 같았다. 조휘는 이성이 이미 반쯤 날아갔으니 모를 뿐이다. 하지만 여기 있는 공작대원들은 안다. 지금은 싸움을 피하는 게 상책이라는 걸.

그래서 붙잡았더니,

퍽!

곧바로 조휘의 팔꿈치가 은여령의 귀 뒤를 후려쳤다. 반사적인 행동이었다. 도망치려는 적무영을 막아야 하는데 잡으니 후려친 것이다.

퍽! 퍽퍽!

하지만 은여령은 놓지 않았다.

조휘의 완력이 아무리 세다고 해도, 은여령이 내력까지 동원하면 절대로 이길 수 없었다. 상체가 아예 밧줄에 묶인 것처럼 움직이지 않았다. 그제야 조휘는 입을 열었다.

"놔……."

"아니요, 지금은 아니에요."

"놓으라고 했어."

"진 대주, 아직은… 저자를 감당하지 못해요."

"은여령… 마지막이다. 놔."

"……."

마지막이라는 말에도 은여령은 결국 놓지 않았다. 까드득. 이가 나가는 게 아닐까 싶은, 소름 끼치는 소리가 들렸다.

"그 소저의 말이 맞아. 아직 넌 상대가 안 돼."

"지랄 마라……."

"현실을 직시하라고. 아, 이름 기억났다. 그래도 지금의 날 만드는 데 일조한 놈이라 이름을 기억하긴 했었거든. 진… 주휘? 아니, 조휘. 맞아, 진조휘. 맞지?"

으득!

이름까지 기억해 주고, 아주 고마움에 몸서리가 쳐질 지경이었다. 당장이라도 저 목에 칼을 꽂고 싶은데, 은여령이 놔주지 않으니 조휘의 마음은 점차 다급해졌다. 그러나 아무리 몸을 움직여도 은여령은 꼼짝도 하지 않았다. 진짜 집채만 한 바위처럼 미동도 없었다.

"걱정 말라고, 진조휘. 지금 당장 간다는 건 아니니까."

"도망치지 마라. 끝장을 보자고."

지금 당장 가는 건 아니라는 말에도 조휘는 안심이 되지 않았다. 아예 여기서 결판을 내고 싶었다. 찢어 죽여도 시원찮을 원수다. 그러니 다음을 기약할 마음이 생길 수가 없었다. 상황이 안 된다고? 그건 남사 제도 한 번이면 족했다.

'두 번은 없어… 없다고!'

그런데 짜증 나게, 뒤에 있는 여자가 놔주질 않는다. 마음 같 아선 팔꿈치로 치는 게 아느라 쌍악을 뽑아 팔을 도려내고 싶었 다. 정말 그런 마음이 들었다. 하지만 그 마음은 아직 남아 있는 이성이 처절하게 막고 있었다.

이러지도 저러지도 못하는, 마도답지 않은 애매한 상황.

"나는 이 세상이 재미가 없어."

갑자기 양팔을 활짝 펼치며 마치 웅변하듯 자세를 잡는 적무 영. 모두의 시선을 한 몸에 받으며 계속 말을 이었다.

"그래서 재미만 있다면 그 어떤 일이라도 할 수 있지. 고문하 는 것도 재밌고, 사람을 찢어 죽이는 것도 재밌고, 사냥도 재밌 고."

"미친 새끼가……"

"내가, 어릴 때 말을 타다 떨어져도 머리를 다쳤어요. 그래서 감정이 부분적으로 말소되어 버렸던 말이야? 사람을 죽여도 죄 책감이 느껴지질 않아! 오히려 재밌어! 재밌어 죽겠단 말이지!"

"……"

슬슬 광기가 보인다.

꺼져가는 횃불 때문인지, 놈의 눈동자가 흑요석(黑曜石)처럼 번 들거리는 것 같았다.

"그런데 그런 재미 때문에 웬 놈팡이 하나를 죽였는데, 그 아 들놈이 내 뒤통수를 몰래 쳤네? 또 뒤통수야, 또. 그것도 말에 떨어져서 다쳤던 곳!"

"……."

"여기서 문제, 그 이후 어떻게 되었을까?"

"……."

"너 때문에 난 이제… 괴물이 됐다는 거야. 지금 이 모습도 전부 연기야, 연기. 이렇게라도 하지 않으면 살 수가 없어요, 살 수가. 전부 재미없어서 마구 날뛰고 싶거든."

"그러니까 죽여준다고……."

조휘의 입가에 비릿한 웃음이 걸렸다.

"지랄 마. 살려줄 때 그냥 가만히 있어."

적무영의 몸에서 피어오르는 기세가 완전히 달라졌다. 그리고 그건 지금껏 조휘가 단 한 번도 느껴본 적 없는 살벌한 기세였다.

웅, 웅웅.

공동의 바닥에 쌓여 있던 먼지가 밀려나간다. 조휘는 그래도 꿈쩍도 하지 않았지만, 공작대는 소름이 쫙 돋았다. 게다가 가장 기에 민감한 은여령은…….

'맙소사…….'

그 생각 이후 속으로 탄식을 흘렸다.

소름이 쫙 끼쳤다.

이 정도의 유형화된 기세는 예전에 백검문의 문주를 통해 딱 한 번 견식해 봤다. 그때 느꼈던 감정을 아직도 기억한다. 싸울 의지조차 꺾어버리는 파괴적인 기세. 아예 짓밟아 으깨버리는 살인적인 기세다. 이걸 모두 느꼈다. 그래서 부르르 떤 거다. 근데 조휘만 멀쩡했다. 은여령은 그래서 더욱 위험하다고 판단했다. 이성이 거의 날아가 제대로 된 판단을 하지 못하고 있었다.

그녀는 떠나기 전, 이화매가 조용히 해줬던 말을 기억했다.

마도가 날 뛰면, 죽을힘을 다해 막아.

그 말에 은여령이 네? 하고 되묻자, 이화매는 어깨를 툭 치고 지나갔다. 그 말뜻을 이제야 확실히 깨달을 수 있었다. 마도는 특정 상황에서는 정말 미친 인간처럼 굴었다. 아니, 실제 미쳐 버린 건지 아닌지 분간이 안 갈 정도였다.

좀 전만 해도 그랬다.

붙잡는다고 바로 팔꿈치로 가격. 이건 평상시 마도의 행동이 아니었다. 그래서 지금 놓으면 안 된다는 마음에 허리를 잡고 있는 손에 더욱 힘을 줬다.

피부가 저릿한 기세, 아니 기파(氣波)라 불릴 말한 유형의 기운은 아직도 공동을 잠식하고 있었다.

"재미있는 장난감으로 생각해 줄 테니까 무럭무럭 자라나라고."

"……."

"걱정 마. 때가 되면 다시 나타날 거니까. 부탁이니까, 그때까지 많이 커라. 지금보다 몇 배 이상은 커야 될 거야. 안 그러면… 만나는 순간 죽여 버릴 테니까."

"후회할걸? 고사에서부터 그랬지. 항상 봐주는 놈이 져. 나한테 지면 죽는 것밖엔 안 남아. 그래도 괜찮겠어? 큭큭!"

조휘는 놈이 도망가지 못하도록 도발했다. 그러나 적무영은 무표정이었다.

이제 재미를 잃은 모습.

따분한 표정도 아니고, 조소하는 표정도 아니었다. 감정을 잃은, 연기를 그만둔 모습이었다.

"그래도 돼. 그것도 재미는 있을 테니까. 나도 궁금해. 그렇게 흔해 빠진 짓을 하면 정말 나도 똑같이 당할지. 그러니까 우리가 해보자고."

웅웅, 울리는 놈의 말에 조휘를 입술을 깨물었다. 안 된다. 이대로는 놈이 도망갈 것 같았다. 하지만 아직도 허리를 잡고 있는 은여령의 팔은 그대로였다. 자를까? 그런 생각이 들자 이성이 마구 날뛰면서 이 미친 새끼야! 그건 안 돼! 하며 결사반대를 외쳤다.

으득!

'어쩌라고……!'

속이 터질 것 같았다.

너무 답답해서 정말 터져 버릴 것 같았다. 진천뢰를 심어 넣고, 심지에 불을 붙이고 싶었다.

그 정도로 조휘의 정신은 최악이었다.

게다가 징! 징! 뒤통수가 도끼로 쪼갠 것처럼 아팠다. 아니, 송곳으로 쿡쿡 후벼 파는 것 같았다. 그러다가 또 망치로 후려친 것 같기도 했다. 이 통증도 조휘의 심신을 빠르게 갉아먹었다.

냉정한 상태였다면, 앞에 적무영만 없었다면 지금 머리가 아픈 이유가 시계가 갑자기 느려진 것에 대한 대가라는 걸 알았을 거다. 그만큼 지금 조휘에게는 생각할 여유가 없었다. 그렇게 냉정한 모습을 보여주더니 적무영의 등장으로 단번에 깨졌다.

역린.

적무영은 조휘에게 그런 존재였다. 어떻게 해도 자극이 될 수밖에 없는 존재.

결국 조휘는 움직이지도, 악을 쓰지도 못했다. 이를 갈기만 할뿐. 머릿속으로 내 분노는 이것밖에 안 됐었나? 하는 의문이 들 정도였다.

상황은 끝으로 치달았다.

죽립을 쓴 사내가, 적무영이 보여줬던 것처럼 슥, 나타나더니 그의 귀에다 대고 짧게 말을 전했다. 그러자 고개를 한 차례 끄덕인 적무영이 조휘를 돌아봤다.

"헤어질 시간이네."

"후우, 제발……."

이제는 애원까지 해보지만, 적무영은 여전히 무표정한 얼굴로 마지막 말을 건넸다.

"중원에서 보자고."

"이 개……!"

조휘는 말을 끝까지 잇지 못했다. 이미 적무영의 모습이… 사라졌기 때문이다.

"새끼야……."

으득!

징, 지잉, 쩡!

이를 악무는 순간, 머릿속에서 번개가 치는 느낌이 들더니, 시야가 점멸하기 시작했다. 그러더니 갑자기 훅, 어둠이 찾아왔다.

진조휘와 적무영의 첫 대결은, 적무영의 압승으로 끝났다.

*　　　　*　　　　*

"고맙소."

"별말씀을. 찢어 죽여도 시원찮을 새끼들을 잡는 일인데, 서로 돕고 그래야 하는 것 아니겠어요?"

"그래도 제독의 도움이 없었으면 이 환란을 이렇게 빨리 반전시킬 수 없었을 거요."

"늦게 움직여서 도리어 죄송할 뿐이에요. 후후."

사내는 이화매의 대답에 고개를 끄덕이더니, 이내 작은 수송선으로 내려섰다. 그가 떠나자 이화매는 후, 하고 신형을 돌려 멀찍이 대기하고 있던 양희은에게 걸어갔다. 그녀가 다가오자 양희은이 말을 꺼냈다.

"대화는 잘 끝내셨습니까?"

"응. 기본 정보 교환, 전투 일지 교환, 물자 지원, 병력 지원 등 전부 얘기는 끝냈어."

"원하던 것은……."

"아, 그거? 그건 고개를 젓더군. 그래서 나도 중요한 건 내놓지 않았지. 서로 원하던 걸 빼버렸으니 손해는 없어."

이화매는 이번 조선 수군 지휘관 이순신이 개발했다던 돌격전함의 설계도를 얻으려고 했었다. 이화매는 적군의 혼을 쏙 빼

놓는, 무시무시한 돌격선의 위용에 마음을 빼앗겼다. 그녀가 선호하는 정밀 포격 전술과는 어울리지 않지만, 그래도 가지고 싶었다. 쓸데가 많았기 때문이다.

하지만 역시, 거절당했다. 설계도를 얻기 위해 이화매가 내건 게 조선과 왜에 깔아놓은 비선이었는데도 말이다. 그래서 이화매는 깔끔히 포기했다. 딱 봐도 조선 수군의 지휘관은 마음을 바꿀 이가 아니었다.

"이제 슬슬 마무리할 일만 남았네."

"네, 제독의 예측이 이리 보기 좋게 빗나가는 건 처음입니다."

"그러게, 나도 놀랐어. 망국이 되거나, 아니면 몇 년은 시달릴 거라 생각했는데… 벌써 정리라니. 후후, 저력이 어마어마해, 아주."

"공현의 말이 떠오릅니다. 제독 정도의 인물이 다섯 정도만 되면… 승리할 거라고 한 말."

후후.

이화매도 그 말을 듣고 가망이 없다고 생각했는데……. 웃긴다, 정말. 그런데 그 말대로 조선에 영웅이 나타났다.

북방의 이성택, 사명 대사.

중남부에는 권율, 정기룡, 곽재우.

그리고 좀 전에 만났던 바다의 이순신.

물론 이들 말고도 수없이 뛰어난 의용 장군과 호걸들이 있었지만 너무 많아 열거하기도 힘들다.

전혀 상상하지 못했었다. 조선에 이렇게 많은 영웅호걸이 존재하고 있을 줄은.

이화매가 그렇게 확신했던 것은 이들을 몰랐기 때문이다. 작전부도 마찬가지다. 조선에 대한 정보는 조정에 집중되어 있었다.

썩어 빠진 조정, 무능하다 못해 멍청한 왕.

여기에 시선을 빼앗겨 다른 걸 보지 못했다.

"반성해야 돼, 이번 일은. 이렇게 예측대로 안 흘러가는 전쟁은 또 처음이야."

"가서 단단히 일러두겠습니다."

"그래, 일단 항주로 돌아간다."

"여기."

양희은은 서신 한 장을 건넨 뒤 이화매의 명령을 전달하러 갔다.

제독실로 들어온 이화매는 바로 서신을 꺼냈다. 서신은 이화가 작성한 것이었다. 오홍련만 쓰는 암호로, 아주 짧고 간략한 내용이었다.

이각(二角), 흑각무사 조우.

적무영.

마도, 적무영 조우.

피해 전무.

적무영 중원행.

귀환 요청.

이 정도로 간추린 내용이었다. 그 외의 자잘한 게 있다면, 가등청정의 목을 땄다는 것 정도?

마도, 역시 실망시키지 않는다.

양희은이 들어오자 이화매는 짧게 중얼거리듯 명령을 내렸다.

"공작대, 불러들여."

"네."

이화매는 다시 집무실 밖으로 나왔다. 쯧, 입에서 거친 소리가 나왔다. 저 멀리, 새까만 구름이 몰려오는 게 보였다. 그리고 하필이면… 북쪽이었다. 난간을 두 손으로 짚은 이화매는 스멀스멀 몰려오는 구름을 노려봤다.

"자, 이제 어떻게 나올 거냐? 만력제, 이 새끼야?"

서늘한 눈빛으로 북경에 있을 황제에게 묻는 이화매. 답은 들려오지 않았지만 이화매는 본능적으로 느끼고 있었다.

다음 전운은… 북경(北京), 그 중심지인 자금성(紫禁城)에서부터 몰려올 것이라는 걸. 그리고 그게 본편이라는 것도… 느끼고 있었다.

『마도 진조휘』 6권에 계속…

박선우 장편소설
FUSION FANTASTIC STORY

멋진 인생
Wonderful Life

태어나며 손에 쥔 것이라고는 가난뿐.

그러나 내게는 온몸을 불사를 열정과
목숨처럼 소중한 사랑이 있었다.

『멋진 인생』

모두가 우러러보는 최고의 직장이자 가장 치열한 전쟁터,
천하그룹!

승진에 삶을 바친 야수들의 세계에서 우뚝 서게 되는
박강호의 치열하지만 낭만적인 이야기!

Book Publishing CHUNGEORAM

유행이 아닌 자유추구
www.chungeoram.com